RUDIS
HERZBLATT

Fotos:
Thomas Klingers »Herzblatt«-Foto-Team
Erol Gurian
Berwang, Furth im Wald, Gößweinstein, Lichtenfels, Nußdorf am Inn
Marcha Nanninga
Bad Wörishofen, Eichstätt, Grönenbach, Weyregg am Attersee
und Fremdenverkehrsämter der »Herzblatt«-Reiseziele

Layout:
Heinrich Gorissen

Redaktionelle Bearbeitung:
Ingeborg Scherübel

Rudi Carrell
Rudis Herzblatt
Die schönsten Reisen und Geschichten aus der Fernsehserie

G+G Urban Verlag

ISBN 3-925334-46-7

Druck:
Pruskil GmbH,
Ingolstadt-Gaimersheim

G+G Urban Verlag
München-Baierbrunn

INHALT

Vorwort

Hat Amors Pfeil getroffen oder nicht?, diese Frage beschäftigt die Fernsehnation nach jeder »Herzblatt«-Sendung. Da mache auch ich keine Ausnahme. Aber bislang sind uns alle Paare in den kurzen Interviews nach dem gemeinsamen Ausflug die große Romanze, oder zumindest die Eheschließung schuldig geblieben. Das ist auch gar nicht das Ziel der Sendung.

Ich darf das ein bißchen erläutern. Meine Sendung »Herzblatt« ist ein Spiel, keine Partnerschaftstelebörse, denn sonst wäre ich ein Ehestifter und die längste Zeit Showmaster gewesen. Ein grausamer Gedanke, Rudi Carrell als Tele-Friedensrichter für einsame Herzen... Ich brauche Spaß, bei der Arbeit und in meinen Sendungen gehören Witz, Humor, Lachen und Augenzwinkern zum Handwerkszeug.

Daß »Herzblatt« ein Spiel ist, wissen auch alle meine Kandidatinnen und Kandidaten. Spiel und Spannung liegen in der prickelnden Inszenierung, daß ein Kandidat, ohne Augenkontakt unter drei Damen – und umgekehrt – auswählen muß. Als Kriterien stehen ihm nur die Stimme, Witz und Pfiff der Antworten und die eigene Phantasie zur Verfügung. Das schafft Spannung für den kurzen Moment, bis sich die Trennwand öffnet. Wenn sich die zwei dann umarmen, ist das ein Zeichen der Erleichterung.

Aber da wir Fernsehleute ja durchaus auch romantische Träumer sein können, haben wir als Lohn für das Herzklopfen vor den Kameras die »Herzblatt«-Reise erfunden. Mein Dank gilt an dieser Stelle dem Redaktions-Team, das mit sehr viel Engagement und Einfühlsamkeit Traumreisen zusammenstellt, die für alle unsere Paare zu einem unvergeßlichen Erlebnis werden. Natürlich hoffen wir, daß ein Abendessen bei Kerzenschimmer und Kammermusik, oder eine Kahnpartie bei Sonnenuntergang ihre Wirkung nicht verfehlen, natürlich würden wir uns freuen, wenn sich die »Herzblätter« unsterblich ineinander verlieben und bis an ihr Lebensende glücklich sein würden. Wenn ich aber ganz ehrlich sein soll, am liebsten sind mir Geschichten, deren Ausgang offenbleibt.

Auch dieses Buch soll nicht alle Fragen beantworten, es soll vielmehr ein Reiseführer für all die Zuschauer sein, die ein bißchen Romantik in ihren Alltag bringen möchten. Unter diesem Gesichtspunkt wurden die »Herzblatt«-Reiseziele ausgesucht und für Sie aufbereitet.

Viel Spaß für Ihr nächstes »Herzblatt«-Wochenende wünscht Ihnen Ihr

Rudi Carrell

MONIKA+STEFAN MIT HERZBLA

T IM KLEINWALSERTAL

Für rettungslose Romantiker

Weil sie den Blumenschmuck an alten Walserhäusern so lieben, weil sie für hohe Berge und grüne Täler schwärmen, weil ihnen im Hotel das Hochzeitszimmer zugesagt ist, und weil sie vor Tagesanbruch auf den Hohen Ifen wandern und oben zu zweien in die aufgehende Sonne schauen dürfen, sollten »Herzblätter« ins Kleinwalsertal fahren. »Das ist ja alles traumhaft schön«, sagen sie. Aber vielleicht macht sie nach dem Sonnenaufgang die irdische Realität eines großartigen »Walser-Frühstücks« doch ein wenig zugänglich für ganz gewöhnliche Informationen. Die wären im Kleinwalsertal nämlich schon einiges Interesse wert.

Ein Doppelleben für zwei »Herzblätter«

Romantikern, besonders jenen der rettungslosen Sorte, mag es ja gleichgültig sein, wo sie sich gerade befinden. Hauptsache, es ist romantisch. Doch sei unseren »Herzblättern« gesagt, daß sie im Kleinwalsertal ein Doppelleben führen, wie alle Leute hier. Man befindet sich in Österreich und Deutschland zugleich. Das Tal gehört einwandfrei ab der »Walserschanze« (einer Grenze ohne Grenzer, wie schön!) zum österreichischen Land Vorarlberg, doch nur staatsrechtlich, politisch. Vom Zoll und von der Währung her aber gehören die Kleinwalsertaler in die Bundesrepublik Deutschland, seit 1891. Das kommt daher, weil es aus dem Tal zwar eine Straße ins bayerische Oberstdorf gibt, aber keine nach Süden, zum Tannberg hinüber, ins Mutterland Vorarlberg. Der Große Widderstein ist da im Weg, erlaubt nur Fußgängern den Übergang über den Gemstelpaß. Pläne gibt es seit mehr als fünfzig Jahren für ein Tunnel zum Tannberg hinüber. Aber wer die verwirklicht, zerstört nicht nur die stille Wanderwelt des Schwarzwassertales, sondern auch das Besondere generell: eben das deutsch-österreichische Zwitterdasein.

Wahlkampf im Laufschritt

Gut österreichisch sind die Kleinwalsertaler ganz gewiß, auch wenn ihre Vorfahren im 13. Jahrhundert aus dem Wallis eingewandert sind, also der heutigen Schweiz. Mehr Freiheit konnten sie in jenen Tälern Vorarlbergs erwarten, an deren steilen Hängen sie sich als Spezialisten einer alpinen Viehwirtschaft niederließen. Zu den Freiheiten, die ihnen gegeben wurden, gehörte auch das Recht freier Wahlen (wenn auch zunächst nur für Männer). Wenn da im Kleinwalsertal alle drei Jahre der Ammann, der Gerichtsherr, neu gewählt wurde, fand das »Mehrlaufen« statt. Drei Kandidaten wurden auf-

Winter wie Sommer, das Kleinwalsertal mit seinen drei Hauptorten Riezlern, Hirschegg und Mittelberg bietet immer beschauliche Erholung.

IN DIE HEIMELIGE WELTWEITE DES KLEINWALSERTALES

gestellt, im wahrsten Sinn des Wortes: einer vor der Kirche, einer am Brunnen und einer vor dem Wirtshaus. Auf ein Zeichen liefen nun die Männer zum Mann ihrer Wahl. Da hätte es doch leicht sein müssen für einen, der nicht gewählt werden wollte: er mußte nur dafür sorgen, nicht den Platz vor dem Wirtshaus zu bekommen, oder?

Gut österreichisch sind nicht nur die Kleinwalsertaler, sondern zum Beispiel auch die Briefmarken. Auch werden sie von österreichischen Postbeamten verkauft, allerdings in deutscher Währung. Österreichisch sind auch die Impulszähler im Wähleramt der Telefonvermittlung, doch sind auch sie dem Zwitterdasein unterworfen. Je nach der Vorwahlnummer zählen die kleinen Automaten das Liebesgeflüster eines Walser Skilehrers mit seinem heimgereisten Skihaserl nach östereichischem oder deutschem Tarif, präsentieren die Monatsrechnung am Ende in Schilling, die dann in D-Mark bezahlt werden.

Klettern im Sommer oder Herbst ...

Zwitterleben? Unser »Herzblatt-Paar« wird sicher sehr bald noch mehr erkennen: Dreiheit. Die besteht im Kleinwalsertal aus der ganz besonderen österreichischen Lebensfreude, dem Service nach bestem Schweizer Standard und der Rechnung in deutscher Währung. Feinsinnige haben auch schon zwei andere gekoppelte Eigenschaften für ihr geliebtes Kleinwalsertal herausgefunden: das Heimelige, das sich im Bau- und Lebensstil ausdrückt und die Weltläufigkeit, die Weite, die der Walser als Gastgeber an den Tag legt. Am ersten Abend werden unsere »Herzblätter« davon vielleicht nur wenig bemerken. Die Ankunft im herrlichen Gebirgstal, der Einzug ins Hochzeitszimmer (wie ausgemacht), der dort bereitgestellte Sekt. Freilich, vorher noch das Dinner zu zweit und dann, am Ende der Nacht, der gemeinsame Gang zur aufgehenden Sonne.

Prickelndes Spiel und schäumende Schlucht

Das Walserfrühstück auf der Ifenhütte wird die zwei »Herzblätter« dann unternehmungslustig machen. Wandern? Reiten? Tennis? Ins kühle Naß, wirbelnd, wellenschlagend oder auch still? Mit der Bergbahn auf das Walmendingerhorn oder auf die Kanzelwand? Oder Shopping in Riezlerns eleganten Läden?

... Skifahren, auch im Tiefschnee, im Winter oder Frühjahr. Im Kleinwalsertal ist Bergsport zu Hause.

Vielleicht im Walsermuseum der langen Geschichte des Kleinwalsertales nachspüren und die viel zu kurzen Himmelbetten einstiger Paare anschauen? Na ja, da freut man sich dann auf das walserische Abendessen. Er möchte dann nicht ins Spiel-Casino, sie schon, also gehen sie hin. Wer glücklich ist, muß das Glück auch einmal versuchen. Der Gewinn des nächsten Tages steht schon fest: nach gutem Frühstück die Neugier nach den schönen, alten Walserhäusern befriedigen und dann – zu Fuß, per Kutsche oder, im Winter, per Schlitten – in die bizarre Welt der Breitachklamm. Beim Abschied vom Tal gibt es noch ein Souvenir. Als wäre es nicht Geschenk genug, ein Wochenende in einer schönen Ferienlandschaft Österreichs herrlich gelebt zu haben und dabei keinen einzigen Schilling ausgegeben zu haben. Nicht einmal für Briefmarken.

Anreise
Mit der Bahn bis Oberstdorf im Allgäu, weiter mit Bus.
Mit dem Auto über Kempten-Immenstadt-Oberstdorf bis Staatsgrenze, dann weiter auf der österreichischen Bundesstraße Nr. 201 ins Kleinwalsertal.
Mit dem Flugzeug bis München (190 km), Stuttgart (250 km) oder Zürich (250 km).

Ortsambiente
Das Kleinwalsertal ist ein Hochgebirgstal und liegt mit seinen drei Ortschaften Riezlern, Hirschegg und Mittelberg auf 1100 bis 1250 Meter Höhe. Es ist im Osten und Südosten durch die Lechtaler Alpen begrenzt, nach Norden und Westen öffnet sich die Vorarlberger und die schwäbische Voralpenlandschaft. Der große Widderstein (2536 m) schließt das Tal nach Süden zum Bregenzerwald und Hochtannberg ab. Bedingt durch diese geographische Lage bietet das Kleinwalsertal ein besonders günstiges Hochgebirgsklima mit 1556 Stunden Sonnenschein. Über 30 Gipfel umrahmen wie ein Schutzwall die eigenwillige Naturlandschaft im »Dreiländerländle« Kleinwalsertal.

... nichts geht mehr. Nervenkitzel im Spielcasino in Riezlern ...
... und zur Entspannung eine Kutschenfahrt auf Walserwegen.

Historie
Das Kleinwalsertal wurde Ende des 13. Jahrhunderts von Walliser Bauern, die aus dem Goms in die Hochtäler Vorarlbergs geflohen waren, urbar gemacht und ging in den Besitz schwäbischer Adelsfamilien über. Im Jahre 1451 eroberte Herzog Sigmund von Tirol mit Waffengewalt den Tannberg, der Zentrum der Walser Siedlungen und Gerichtsstand war. Bis dahin verfügten die Walser über ihre freie Gerichtsbarkeit. Seit dem Jahre 1453 gehört das Kleinwalsertal zu Österreich, wurde dann aber, wie auch das übrige Vorarlberg, im Jahre 1805 dem Lande Bayern angegliedert. 1891 trat der heute noch wirksame Zollanschlußvertrag in Kraft, und das Kleinwalsertal wurde wirtschaftlich an Deutschland angeschlossen. Die österreichischen Hoheitsrechte blieben dabei unbeschadet.

Unterkunft
Herzblatt-Auswahl
Hotel-Pension Sonnenberg
Am Berg 26
D-8985 Hirschegg
Telefon: 0 83 29/54 33
HP/P DM 70,– bis DM 108,–
Hotel Ifen
Oberseitestraße 6
D-8985 Hirschegg
Telefon: 0 83 29/50 71-74
ÜF/P DM 64,– bis DM 194,–
Gasthof-Hotel Steinbock
Bödmerstraße 46
D-8986 Mittelberg
Telefon: 0 83 29/50 33
ÜF/P DM 41,– bis DM 103,–

Essen und Trinken
Herzblatt-Auswahl
Restaurant Hotel Ifen
(Top Adresse)
Oberseitestraße 6
D-8985 Hirschegg
Telefon: 0 83 29/50 71-74
Restaurant Walser Stuba
(Rustikal)
Eggstraße 3
D-8984 Riezlern
Telefon: 0 83 29/53 46

Termine
Jeden Mittwoch 20 Uhr (außer Mai und November) Bauerntheater im Walserhaus, Hirschegg.
Oster-Skispringen auf der Fürst-Walburg-Schanze, Riezlern.
Anfang August Internationale Wandertage.
September Erntedankfest in der Waldfesthalle, Riezlern.

Einkaufen
Sennerei-Käserei Fink
Leo-Müller-Straße 7
D-8984 Riezlern
Telefon: 0 83 29/34 25
Antiquitäten im Malerhäusle
Walserstraße 16
D-8985 Hirschegg
Telefon: 0 83 29/64 28

Weitere Infos
Verkehrsamt
Walserstr. 64/Im Walserhaus
D-8985 Hirschegg
A-6992 Hirschegg
Telefon: D-0 83 29/5 11 40
Telefon: A-0 55 17/5 11 40

Herzblatt special – Kleinwalsertal
Herzblatt-Reisende übernachten in der Hochzeitssuite im Hotel Ifen in Hirschegg. Im Herzblatt special sind folgende Leistungen enthalten: Begrüßungscocktail, Champagner im Zimmer, zwei Übernachtungen (Freitag/Samstag und Samstag/Sonntag) mit Frühstück und Dinner, Behandlung in der Beauty-Farm, Herzblatt-Souvenir.
Herzblatt-Preis:
DM 350,– pro Person
Anmeldung:
Hotel Ifen
Oberseitestraße 6
D-8985 Hirschegg
Telefon: 0 83 29/50 71-74

Herzblatt-Unternehmungstips
Besuch im Casino Kleinwalsertal.
Wanderung zu einem urigen Lokal mit Walser-Spezialitäten.
Kutschenfahrt auf Walserwegen.
Zum Sonnenaufgang auf den Hohen Ifen.
Schnupper-Skikurs.

Stefan hätte während der Sendung genauer hinhören sollen. Denn den Schlagabtausch im Frage-Antwort-Spiel hatte Kandidatin Monika ganz klar für sich gewonnen. Erinnern Sie sich noch?

Stefan: »Stell' dir vor, die Wand geht zurück, du siehst mich und findest mich einfach widerlich. Wie reagierst du?«

Monika: »Ich finde das gar nicht schlecht, denn Gegensätze ziehen sich ja an.«

Stefan: »Ich bin öfter beruflich unterwegs. Was würdest du tun, damit ich immer an dich denke?«

Monika: » Ich würde deine Koffer packen und würde deine Unterwäsche gegen meine austauschen.«

Und Susi setzte noch einen obendrauf und fragte, ob die Kandidatin sein Herzblatt sein sollte, »die dir im Koffer an die Wäsche geht und dich im Gegensatz dazu richtig anziehend findet«.

Als die Trennwand aufgeht, weiß Monika, daß sie mit Zitronen gehandelt hat. Sie braucht einen Mann, zu dem sie aufschauen kann, »und so fiel mir prompt die Kinnlade runter, weil er kleiner war als ich«. Stefan, ziemlich stolz auf seine guten Manieren, hofft, daß sein Herzblatt für den Ausflug auf flache Schuhe zurückgreifen wird. Doch Pustekuchen. Monika trägt Stiefel mit hohen Absätzen, »war gut gelaunt, weil Stimmung und Wetter so toll waren«. Stefan bockt. »Er macht auf mich den Eindruck, als ob er jemanden braucht, der ihm ständig ein bißchen Feuer unter dem Hintern macht.« Und der erste Eindruck sollte sie nicht täuschen. Ohne Programm, auf Stefans Intuition angewiesen, wäre dieser Ausflug wohl auch gepflegt in die Hose gegangen. Die österreichischen Gastgeber, als hätten sie es geahnt, hatten sich jedoch einiges einfallen lassen. Nach der Landung mit dem Hubschrauber großer Bahnhof mit Blasmusik und Champagner. Monika findet's toll, Stefan fühlt sich in seiner Haut nicht wohl, ist unsicher. Das Gefühl verstärkt sich, als ein erfahrener Bergsteiger sie auf eine Brücke über eine 40 Meter tiefe Gebirgsschlucht führt und den beiden anbietet, sie auf den schmalen Pfad am Ufer abzuseilen.

Stefan hat nur mitgemacht, weil er unter Druck stand«, ist sich Monika sicher, »ihm blieb ja nichts anderes übrig, als mir ein bißchen zu imponieren.« Ihr Flirt mit dem Mann am Sicherungsseil tut ein übriges. Mutig klettert er über das Geländer. Der erste Versuch gerät ziemlich daneben. Erst hängt er quer in der Luft, dann Kopf nach unten, und als ihn die Einheimischen hochziehen behauptet er keß, er hätte dies mit Absicht gemacht. Monika hat so ihre Zweifel. Dagegen ist er sich sicher, daß er für an-

Das Lächeln täuscht. Stefan war nicht ganz wohl in den Seilen. Und trotzdem riskierte er einen Flirt mit Monika.

ER BRAUCHT RICHTIG FEUER UNTERM HINTERN

dere den Prototypen des starken Mannes darstellt. »Diese Rolle spiele ich auch ganz gerne, wobei ich nicht mißverstanden werde. Unter stark verstehe ich nicht, in ein Bodybuilding-Studio zu rennen und wie diese Aufgepumpten da rumzumachen. Ich bin stark von meinem Willen, stark von meinem Charakter her. Ich bin ganz einfach stark!« Beim zweiten Versuch klappt es schon besser. Monika hängt im Seil wie ein Profi, »ohne daß ich dafür etwas kann«. Beim dritten Mal wird's ernst. Mit einem perlenden Champagnerglas in der Hand hängen die zwei Herzblätter 20 Meter hoch zwischen Himmel und Erde. In luftiger Höhe ist es nicht einfach, einander näherzukommen. Die Helfer mit den Sicherungsseilen verpassen den beiden den nötigen Schwung, und als Stefan in greifbare Nähe schwingt, nimmt Monika seinen rechten Fuß mit beiden Beinen in die Zange. Lachend prosten sie sich zu. Berauscht durch Höhenluft und Schaumwein verpaßt Stefan Monika einen flüchtigen Kuß. »Nichts Besonderes«, wie er gleich abwiegelt, »aber wann kommt man schon mal in solch einer Situation zum Küssen.« Monika ist über soviel »Dreistigkeit« ehrlich erstaunt und bedauert, daß am anderen Seil nicht ihr Traummann hängt, »mit dem es sicher sehr, sehr viel mehr Spaß gemacht hätte«.

Auf dem Fußmarsch zu einer malerisch gelegenen Berghütte, versucht die junge Frau mit dem wippenden Pferdeschwanz, ihrem Begleiter ihr gemeinsames Dilemma anhand eines Gleichnisses zu erläutern. »In der Biochemie unterscheidet man zwischen Ausgangsstoffen und Endstoffen. Um einen Ausgangsstoff in den Endstoff umzuwandeln, muß man praktische Energie investieren. Bei dir habe ich den Eindruck, du brauchst Alkohol oder sonst irgendeine Provokation, um dein Aktionspotential zu erreichen, mit dessen Hilfe dann endlich eine Reaktion abläuft.« Stefan versteht nur Bahnhof. Monika ist sich sicher, er empfindet das als Kompliment, und davon konnte wirklich nicht die Rede sein. Den restlichen Aufstieg zur Hütte bewältigt Monika nachdenklich und Stefan schweigend. Der Empfang durch die Wirtsleute ist herzlich, in der Bauernstube mit dem offenen Kamin spielen Volksmusikanten mit Ziehharmonika, Gitarre und Baß, und bei dem deftigen Mittagessen mit Knödl, Schweinebraten und Krautsalat leisten dem Paar einige Skilehrer aus dem Kleinwalsertal Gesellschaft. Bei der Nachspeise, in Herzform ausgestochenem Gries-Pudding in Waldbeerensoße, verabschieden sich die Gastgeber unter fadenscheinigen Begründungen, um dem jungen Glück eine Verschnaufpause zu gönnen. Zum ersten Mal sind Stefan und Monika alleine. Die Berghütte, ganz aus Holz gebaut, mit dem rustikalen Tisch und Bänken ringsherum, mit den kuscheligen Schlafnischen und dem knisternden Kaminfeuer, strahlt eine Atmosphäre aus, in der Romanzen beginnen und gedeihen können. Bei Monika verfehlt diese romantische Idylle ihre Wirkung nicht. Sie strahlt, ihre Augen leuchten, ihre provokante Aggression gegen Stefan ist verflogen. Der Champagner tut ein übriges, macht Kopf und Seele leicht, schwerelos. Sie wartet auf eine zärtliche Geste, auf ein paar nette Worte, sie ist bereit, sich von dieser »himmlischen Stimmung« wegtragen zu lassen. Stefan muß völlig außer Form sein. Alles, was ihm einfällt, ist, mit einem tiefen Seufzer sich in einer der Nischen auszustrekken und wenige Minuten später einzuschlafen. »Das einzige, was in der Hütte geknistert hat, war das Kaminfeuer«, faucht Monika und könnte dieses unsensible Herzblatt am liebsten auf den Mond schießen.

Nach dieser verpaßten Gelegenheit, von der Stefan nichts ahnt, will Monika sich nicht die gute Laune verderben lassen. »Ich will Spaß«, nimmt sie sich vor, und als sie auf dem Rückweg ein paar Autoschlüssel auf der Straße findet, ruft sie Stefan zu » komm, jetzt knacken wir ein Auto.« Mit Entsetzen schaut ihr Stefan zu, wie sie versucht, mit dem gefundenen Schlüsselbund eins der am Wegrand geparkten Autos zu öffnen. Stefan, der Korrekte, der Vorsichtige, Nachdenkliche dreht in Monikas Augen völlig durch, entreißt ihr die Schlüssel und klemmt sie hinter den Scheibenwischer irgendeines Autos. Frostige Stille legt sich über das ungleiche Paar, der letzte, klitzekleine Hauch einer Chance für die Liebe hat sich verflüchtigt. Auf dem Rückflug trägt Monika ihr langes Haar zum erstenmal offen. Das impulsive, provozierende Mädchen wirkt auf Stefan plötzlich sehr weich, weiblich, anziehend. Er wünscht sich, mit ihr alleine eine Woche auf der Berghütte verbringen zu können. »Denkste, Puppe«, beantwortet Monika seine geheimen Gedanken und streicht demonstrativ eine Haarsträhne aus der Stirn. Sie ist plötzlich kalt wie ein Eisberg, unnahbar, begreift, daß dies das Ende ist, ohne daß es einen Anfang gegeben hat.

»Gitarren klingen leise durch die Nacht«

ELLEN+LUGGI MIT HERZBLATT

IN LICHTENFELS

DECO

WER WILL SICH IN LICHTENFELS EINEN KORB HOLEN?

Wer holt sich schon gern einen Korb? Ist doch höchst ärgerlich, wenn nicht gar blamabel. Im oberfränkischen Maintal, in der freundlichen Kreisstadt Lichtenfels, ist das freilich etwas ganz anderes. Da holt man sich gern einen Korb, natürlich einen echten, geflochtenen. Nirgendwo in unseren Landen dürfte die Auswahl auch größer sein; denn Lichtenfels ist die deutsche Korbmacherstadt. Hier gibt es auch die einzige Staatliche Fachschule für Korbflechterei in Deutschland. Und am dritten Wochenende im September findet alljährlich der große »Lichtenfelser Korbmarkt« statt. Der dauert drei Tage. Am Freitag ziehen die Korbmacher mit ihrer hübschen Korbkönigin ein, in ihrem Gefolge die Festwirte, Metzger und Bäcker. Am Samstag und Sonntag ist dann der eigentliche Markt mit »lebenden Werkstätten«. Da wird nicht nur verkauft und vorgeführt, sondern auch getrunken, gegessen, gesungen, gelacht und getanzt. Fränkische Lebensfreude macht es dem Bierkrug nach: sie schäumt über.

Der »Gottesgarten am Obermain«

Wer nach Lichtenfels reist, mag vorher Bamberg bewundern, die Stadt, die gleich Rom auf sieben Hügeln erbaut ist. Dann geht es den Main aufwärts zu den Fachwerkhäusern von Staffelstein. Unsere »Herzblätter« stehen dort vor dem Haus, in welchem der Rechenmeister Adam Riese gelebt hat und schwören sich, daß sie in den kommenden Tagen mit nichts anderem rechnen wollen als mit der Erfüllung großartiger Erwartungen.

Hinter Staffelstein kommt die »Goldene Pforte«, markiert von zwei Juwelen fränkischer Barockbaukunst: über dem linken Talhang das einstige Kloster und heutige »Schloß Banz«, geschaffen von Justus Heinrich Dietzenhofer, am rechten Talhang die Wallfahrtskirche »Vierzehnheiligen«, im 18. Jahrhundert zu Ehren der Vierzehn Nothelfer vom großen Baumeister Balthasar Neumann entworfen. In der Mitte des gewaltigen Kirchenraumes steht der Gnadenaltar. Vom Kirchenhügel schaut man hinunter ins Maintal, das eine Dichterseele den »Gottesgarten am Obermain« genannt hat. Also kann man sich auf eine Art Paradies vorbereiten.

»Husch, husch, ins Körbchen!«

Das Paradies mit dem Namen Lichtenfels betritt man durch das Bamberger Tor. Der Marktplatz tut sich auf, das spätbarocke Rathaus will bewundert werden, der Floriansbrunnen plätschert leise vor sich hin. Schön ist es hier. Aber erst einmal ins

Quartier. In der »Krone«? Das ist kein historisches Haus, doch eines, das sich sehen lassen kann. Das Abendessen wartet. Es ist auch nicht zu früh. Schauen macht hungrig. Ein Bummel durch die abendliche Stadt? Der Nachttrunk. Und dann: »Husch, husch ins Körbchen!« In der »Krone« kann dies wörtlich genommen werden. Zwar legt man sich keineswegs in einem Korb zur Ruhe (was ja in der »deutschen Korbstadt« auch denkbar, aber sicher nicht sehr verlockend wäre), doch sind die schönen Zimmer mit Rattan-Möbeln ausgestattet. Also ist auch das bequeme Bett von Hand geflochten.

Am anderen Morgen ist Einkaufsbummel. In einen großen Henkelkorb, eben erst gekauft, paßt allerhand hinein. Und dann geht es hinaus in die Nachbargemeinde Michelau, in das berühmte Dorf der Korbflechter. Rundgang durch das »Deutsche Korb-Museum«. Historisches ist zu sehen, doch auch der 1954 höchst avantgardistisch gewesene »Eiermann-Sessel«, kühn geflochtenes Peddigrohr nach dem Entwurf von Professor Egon Eiermann. Man wundert sich über die eleganten Kinderwägen, die von vielen jungen Frauen um Lichtenfels herum durch die Straßen gefahren werden. Nun, wo geflochten wird, gibt es auch Kinderwagenfabriken. Ob diese »Jahreswägen« an ihre Mitarbeiter abgeben wie die Auto-Industrie? Und ob günstig erwerbbare Kinderwägen auch besonderen Kindersegen zur Folge haben? Möglich wäre es.

»Lieber Fisch, laß den Schwanz nicht los!«

Mittags essen die Besucher auf dem Lande. Deftiges, Fränkisches wäre da zu erwarten. Zum Braten die Klöße nach dem Rezept der nahen Thüringer Nachbarschaft, oder vielleicht nur »Grüna Baggesla« mit Apfelbrei? Wobei man wissen muß, daß »Baggesla« in Altbayern »Reiberdatschi« heißen und im Norddeutschen droben eben »Kartoffelpuffer«. Zur Brotzeit wären echte Fränkische Bratwürste dann ein Muß.

In Vierzehnheiligen und auf Schloß Banz waren wir ja schon bei der Anfahrt. Jetzt können wir das nahe einstige Kloster Langheim besuchen oder die kunstreichen Nachbarstädte Coburg, Kulmbach oder Kronach. »Herzblätter« aber wollen auf den Staffelberg. Des Rundblickes halber. Vor weit mehr als zweitausend Jahren war der eine keltische Festung namens »Menosgada«. Und eine uralte Sage erzählt, daß im Staffelberg ein großer See sei. In dem schwimme ein riesiger Fisch, der seinen Schwanz im Maul hält. Läßt er ihn los, zerspringt der Berg und der »Gottesgarten am Obermain« wird

Der Obere Torturm (im Bild rechts) bildet einen noch erhaltenen Teil der Stadtbefestigung aus dem 15. Jahrhundert.

überflutet. »Lieber Fisch, laß den Schwanz nicht los«, wäre ja schade um das schöne Wochenende, an dem es noch so viel zu tun und so viel zu sehen gibt. Da gibt es noch die vielen Wanderwege wie zum Beispiel zum Kloster Langheim oder zum Schifferbrunnen. Auch »Selbstgemachtes« wird in Lichtenfels noch gepflegt: Wer das Handwerk des Korbflechtens selber lernen möchte, kann einen Korbflechtkurs in einer Korbmacher-Werkstatt besuchen. Und was gibt es besseres als selbstgebackenes Brot nach alter Tradition. Je nach Zeit und Muse kann der Gast seinen ganz persönlichen Neigungen nachgehen. Eines sollte man dabei allerdings nicht vergessen: einen Korb.

Lichtenfels aus der Vogelperspektive. Ein Rundflug mit einem Segelflugzeug ist Bestandteil des Lichtenfelser »Herzblatt special«-Angebotes.

Anreise
Mit der Bahn München–Lichtenfels–Berlin, Lichtenfels ist Eisenbahn-Knotenpunkt.
Mit dem Auto Autobahn Würzburg–Nürnberg, Abfahrt Bamberg nach Lichtenfels, oder Autobahn München–Berlin, Abfahrt Kulmbach nach Lichtenfels.
Mit dem Flugzeug bis Nürnberg (90 km).

Ortsambiente
Die deutsche Korbstadt Lichtenfels ist umsäumt von den Höhen des Jura und der Keuperlandschaft und liegt im vielbesungenen Tal des Obermains an einer Stelle, die geologisch und verkehrsgeographisch in gleicher Weise ausgezeichnet ist. Sie ist umgeben von zahlreichen Baudenkmälern wie Kloster Banz und Vierzehnheiligen, unweit von den Städten mit großer Vergangenheit wie Bamberg, Coburg, Kulmbach, Bayreuth, Kronach und Staffelstein.

Historie
Wenn man durch die mächtigen Tortürme den Stadtkern betritt, fühlt man sich ins beschauliche Mittelalter zurückversetzt. Bereits im Jahre 1231 erhob Herzog Otto VII. von Meranien die damalige Siedlung zur Stadt. Rathaus, Floriansbrunnen, die Pfarrkirche oder das imposante Stadtschloß sind ehrwürdige Zeugen einer reichen geschichtlichen Vergangenheit. Als »Wiege des deutschen Korbhandels« unterhielt Lichtenfels schon im 19. Jahrhundert Handelsbeziehungen bis ins ferne Amerika. Heute reichen die Verbindungen bis in die Partnerstädte Prestwick in Schottland und Vandalia im Staate Ohio/USA.

Unterkunft
Herzblatt-Auswahl
Korb-Hotel Krone
Robert-Koch-Straße
8620 Lichtenfels
Telefon: 0 95 71/7 00 50
ÜF/P DM 109,–
Hotel Preußischer Hof
Bamberger Straße 30
8620 Lichtenfels
Telefon: 0 95 71/50 15
ÜF/P DM 32,– bis DM 40,–
Gasthof/Restaurant Müller
Reundorf
Kloster-Banz-Straße 4
8620 Lichtenfels
Telefon: 0 95 71/60 21
ÜF/P DM 32,–

Essen und Trinken
Herzblatt-Auswahl
Fischspezialitäten-Restaurant
Seehof (Top Adresse)
Seehof 8
8620 Lichtenfels
Telefon: 0 95 71/85 45
Brauerei-Gasthof
Wichert (Rustikal)
Alte Reichsstraße 50
8620 Lichtenfels
Telefon: 0 97 51/33 17

Termine
Lichtenfelser Korbmarkt
am dritten Wochenende
im September

Einkaufen
»Es Körbla«
Stadtknechtgasse 10
8620 Lichtenfels

Weitere Infos
Städtisches Verkehrsamt
Marktplatz 1
8620 Lichtenfels
Telefon: 0 95 71/79 50

Herzblatt special – Lichtenfels
Herzblatt-Reisende übernachten im Korb-Hotel Krone in Lichtenfels.
Im Herzblatt special sind folgende Leistungen enthalten: Begrüßungscocktail, zwei Übernachtungen (Freitag/Samstag und Samstag/Sonntag) mit Frühstück und einem Dinner im Hotel, ein fränkisches Abendessen beim Bräuwirt, Besuch des Korbmuseums, Rundflug mit einem Segelflugzeug, Herzblatt-Souvenir.
Herzblatt-Preis:
DM 140,– pro Person
Anmeldung:
Städtisches Verkehrsamt
Marktplatz 1
8620 Lichtenfels
Telefon: 0 95 71/79 50

Herzblatt-Unternehmungstips
Einkaufsmöglichkeiten in einer Korbfirma.
Wanderung zum Staffelberg.
Wanderung zur Wallfahrtskirche Vierzehnheiligen und/oder Schloß Banz.

Die letzte Frage-und Antwort-Runde war eine Kampfansage. Die erste Runde im ewigen Kampf der Geschlechter.

Luggi: »Als Skilehrer muß ich gegen das Vorurteil ankämpfen, daß ich's mit der Treue nicht so genau nimm'. Gegen welches Vorurteil hast Du anzukämpfen?«

Ellen: »Ich hab' gegen das Vorurteil zu kämpfen, daß ich eine Schwäche für Skilehrer hab'.«

Das Publikum applaudierte begeistert. Für Luggi gibt es keine Frage, die Kandidatin muß mit ihm in den Hubschrauber. Beim ersten Sichtkontakt denkt Luggi, »das ist a ganz a Nette«, und Ellen denkt und spricht's auch aus, »Hoppla«. Die beiden entdecken ganz schnell Gemeinsamkeiten, haben beide keine Ahnung, wo ihr Ausflugsziel Lichtenfels liegt und freuen sich ehrlich, als der Hubschrauber am nächsten Tag startet.

Bis zu diesem Zeitpunkt bedeuten die Gemeinsamkeiten Harmonie. Kaum in Lichtenfels, Deutschlands Korbstadt, angekommen, entdecken die beiden zwar mehr Ähnlichkeiten, doch deren Vorhandensein steuert langsam aber sicher auf den kritischen Punkt zu. »Eigentlich bin ich schon eine Frau, die die Sachen gerne selber in die Hand nimmt, die der aktivere Teil ist.« Das ist bei Luggi nicht anders und steht auch nicht zur Diskussion. Als er von zwei Gestüten erfährt, ist ganz klar, »wir gehen reiten«. Ellen ist sprachlos für einen, den einzigen, Moment an diesem Tag. Für sie sind Pferde Riesen, darauf gesessen hat sie noch nie »und am liebsten sehe ich sie von weitem«. Luggi findet es toll, daß Ellen alles mitmacht und merkt nichts vom Sturm im Wasserglas.

Ellen ist kein Spielverderber, dreht zähneknirschend ein paar Runden, ist stolz, diese Horrorvorstellung überlebt zu haben und verrät Luggi eines ihrer Prinzipien: »Wenn der Mann nicht so mitmacht, wie ich es mir vorstelle, kriegt er sofort eins auf den Deckel.«

Luggi grinst. »Das wird dir bald vergehen«, schwört sich Ellen insgeheim und kocht, als er beschließt, daß jetzt Tennis gespielt wird. »Ob er der Korbkönigin gefallen will, die auch Tennis spielt?« Ellens Einwand, das sei ein Schmarrn, weil keiner von ihnen entsprechende Ausrüstung dabei hat, fegt Luggi souverän vom Tisch. Ellen hegt den Verdacht, der Luggi will die Gestaltung des ganzen Tages an sich reißen: »Das kann er machen, mit wem er will, aber nicht mit einer Garmischerin.« Zunächst putzt sie ihn mit 7:5 vom Platz, kurz und schmerzlos. »Da hat er g'schaut, der staatlich geprüfte Skilehrer!«

ICH HAB IHN GEFÜHRT, DAMIT ES FLOTTER GEHT

Obwohl der Luggi »ein toller Mann zum Heiraten sei«, wollte Ellen doch lieber einen Korb statt eines Kinderwagens flechten.

Als er ihr an einer Würstchenbude, wegen der vielen Leute ringsum, flüsternd gesteht, er sei eigentlich sehr, sehr schüchtern, macht sie ihm laut und deutlich klar, »die Schüchternheit treib' ich Dir sehr schnell aus«. Es steht unentschieden. Luggi beschließt, vorsichtiger zu sein. Dabei hat er Glück. »Luggi hat einen günstigen Tag erwischt«, unterstreicht Ellen die Ausnahmesituation, »es gibt Tage, an denen ich niemanden zu Wort kommen lasse«. Jetzt führt sie nach Punkten.

„Bei einer Wirtschaft hat er versucht, mich mit Schnaps abzufüllen, was normal sehr schwer ist, denn Schnaps vertrag'ich sehr gut. Er hat es zwar geschafft, mir einen Schwips anzuhängen, aber nach dem Mittagessen war alles wieder bereinigt.« Die Runde ist unentschieden, Ellen führt weiter und baut die Führung aus.

Bei einem Gespräch mit dem Bürgermeister, versucht Luggi sie zu unterbrechen, fällt ihr ins Wort. »Luggi, ich kann jetzt net unterbrechen«, fertigt sie ihn ab, »ich hab' jetzt 'ne ganz heiße Debatte.« Selbst der Bürgermeister muß schmunzeln. Ellen baut ihre Führung im Kampf der beiden selbstbewußten Persönlich-

»Herzblatt«-Begrüßungscocktail, nicht nur für Verliebte zu empfehlen.

keiten aus. Als sie den Luggi zum Korbflechten und ins Korbmuseum verzupft, sind die Fronten endgültig geklärt. Auf dem Rückflug nutzt Luggi seine Chance, setzt ihr einen dicken Kuß auf und bekennt »Ellen, das war ein Supertag«. Für Ellen ist er noch lange nicht zu Ende.

Nach der Landung geht's zum Tanzen. »Weil die Garmischer beim Tanzen a bissl lasch san, bin ich's g'wohnt, daß ich führ'«, begründet Ellen ihren ungewöhnlichen Parkettstil, mit dem der Luggi überhaupt nicht zurechtkommt. »Normal ist doch klar, beim Tanzen führt der Mann und net die Frau.« Aber sie versuche halt immer, das Kommando an sich zu reißen. Gott sei Dank habe er sich mit der nötigen Härte durchsetzen können. Hart sei was anderes, kichert Ellen und wird philosophisch. »Ob der Luggi eher ein Temperament wie ein Stier oder ein Ochse hat«, sie weiß es nicht, kennt den Unterschied auch nicht. »Ob jetzt der Stier oder der Ochse der Kastrierte ist, kann ich nicht sagen. Ist mir auch wurscht.« Der Luggi sei ein toller Mann zum Heiraten »aber nicht für mich«. Und der sieht richtig erleichert aus.

MONA + PETER MIT HERZBLATT

IN BERWANG (TIROL)

Immer mehr aufwärts, hoch bis zum Herrgott...

Dreierlei Gäste hat Berwang, der Urlaubsort im Tiroler Zugspitzgebiet: die einen kommen im Winter zum »Ski-Schaukeln«, die anderen im Sommer zum Wandern (zu Fuß oder mit dem Mountain-Bike), und die dritten kommen zu jeder Jahreszeit, weil ihnen Berwang immer ein Urlaubsziel ist. Es gibt da noch eine vierte Kategorie von Gästen, diejenigen, die zum ersten Mal nach Berwang kommen. Das sind dann meistens überraschte Gäste. In Bichlbach sind sie entweder aus dem Zug ausgestiegen oder von der meist sehr belebten Bundesstraße abgebogen, die durch das Außerfern vom Zugspitzort Ehrwald nach Reutte führt. Dann geht es vier Kilometer ein Seitental aufwärts, immer mehr aufwärts, und am Ende hat man dann die Überraschung vor Augen: das Dorf Berwang, aufgebaut auf grünem Hügel, ganz oben die Kirche mit dem spitzen Turmhelm, darum herum die stattlichen Häuser, viele neu gebaut, zur besseren Bequemlichkeit der Gäste. Und wer zur passenden Zeit kommt, hat auch noch einen Geruchs-Empfang: den Duft des Heus, das auf den hölzernen »Heinzen« zum Trocknen hängt. Man ist angekommen, mitten in der Ruhe und ziemlich hoch oben (1336 m).

»Bären« oder »Beeren«, das ist keine Frage

Es soll ja Urlauber geben, die im Urlaub auch nachdenken wollen. Zum Beispiel über den Namen des Gastortes. Also, da gibt es für Ber-

MITTEN IN DER RUHE UND HOCH OBEN BERWANG

wang zwei Thesen. Ein Heimatforscher namens Kübler hat gemeint, der Name des 1358 erstmals urkundlich erwähnten Ortes bedeute »einen grünen, nicht angebauten, ziemlich ebenen Platz mit Beeren«. Der Universitätsprofessor Dr. Karl Finsterwalder hingegen hat da eine ganz andere Theorie: der Name kommt eben von jenen Bären, die sich einstmals auf den grünen Hängen verlustiert haben. Dabei kann er auch auf den Flurnamen »Bärenbad« verweisen, wo besagte Bären möglicherweise auf feuchtem Grund ihr Bad genossen haben.

Wichtig ist die Lösung der Frage für den Urlaubsgast ja nun nicht. Doch findet er es »bärig«, daß er sich heute ausgerechnet auf jenem Flurstück, das schon immer »Bärenbad« heißt, sportlich vergnügen kann. Dort ist jetzt nämlich das »Sommer-Sport-Center« mit freundlich beheiztem Freischwimmbad, Tennisanlage, Minigolfplatz und Kinder-Spielparadies. Da kann man mitunter die Tante Claudia mit ihren Kindern treffen. Sie gehören ihr nicht. Sie ist Diplom-Kindergärtnerin (und hat dabei allein schon im Fach »Freundlichkeit« gewiß mit »Sehr gut« abgeschnitten) und betreut den ganzen Tag Kinder wandernder Eltern (und auch die Eltern werden dabei von einem kundigen Berwanger geführt und unterwegs über die Berwanger Natur informiert). Was dabei sicher besonders schön ist: einheimische Kinder schließen sich Tante Claudias Ferienkinderschar auch an, völlig freiwillig. Das gibt dann neue Freundschaften.

»Fliegenfischen« und »Himmelstürmen«

Unsere zwei »Herzblätter« gehören vielleicht auch zur vierten Kategorie der Gäste, zu den »überraschten«. Weil sie eben zum ersten Mal die herrlichen Höhen von Berwang erklimmen. Und wie es sich beim Empfang von »Herzblatt-Paaren« gehört, steht im Hotelzimmer Sekt für zwei, natürlich eisgekühlt. Und dann gibt es bald dieses »Herzblatt-Dinner«, alles andere als »mäßig«, nein, schon eher »Gala-mäßig«, denn »Pochierte Lachsfarcennockerl« oder Steak vom Hirschkalbsrücken, feiner Wildsauce, Rotweinbirne, Blaukraut, Kartoffelgratin« gehören nicht zum kulinarischen Alltag unserer lieben »Herzblätter«.

Der späte Abend nach dem Dinner vergeht bei Musik und Tanz, der Schlaf stellt sich auch irgendwann ein. Und so darf es sich am anderen Morgen die Sonne von Tirol erlauben, den beiden »Herzblättern« ins Schlafzimmerfenster zu schauen. Raus aus den Federn! Und hinein ins »Herzblatt«-Vergnügen, das zunächst aus einem köstlichen Frühstück besteht. Dann kommt eine gewisse Qual bei der Wahl des Tagesprogramms. Für eine Wanderung zum Sonnenaufgang auf den Thaneller (das ist einer der Berwanger Gipfel) ist es natürlich schon zu spät. Also vielleicht eine Motorbootfahrt auf dem Plansee oder dem Heiterwanger See? Weit wären alle zwei nicht weg. Fliegenfischen? »Kann man Fliegen auch fischen?«, fragt die Herzblatt-Dame. Sie könnte wetten, daß man solche nur fangen könne und dabei viel Glück haben müsse. Der »Herzblatt-Bub« erklärt ihr dann, daß das Fliegenfischen eine besondere Art des Fischefangens oder Angelns sei, bei welcher man echte oder künstliche Fliegen als Köder für jene Forellen benütze, die so freundlich sind, auf diesen Schwindel hereinzufallen.

Die »Herz-Dame« hat wegen des Fliegenfischens einen ungemein fröhlichen Vormittag, weil sie den »Herzbuben« zwei Stunden lang recht fröhlich auslachen kann. Die Forellen werden von irgendeinem hinterhältigen Wesen an diesem Vormittag gewarnt. Also »Himmelstürmen« am Nachmittag. Die paar Kilometer nach Ehrwald hinunter und von dort mit der neuen Tiroler Zugspitzbahn in Nullkommanix auf jenen Gipfel, der zwar Deutschlands, aber keineswegs Tirols oder gar Österreichs höchster Berg ist. Oben gibt es frische Luft, herrlichen

Alpenblick und die unbedingte Verpflichtung, mehrere Ansichtskarten an all die guten Freunde daheim zu schreiben.

Spezial-Drahtesel und Rodeln in der Nacht

Schön war der Abend in dem gemütlichen Landgasthof. Tags darauf holen sich die zwei »Herzblätter« je ein Moutain-Bike vom Berwanger Verleih und wandern mit Hilfe dieses Spezial-Drahtesels zum Klausenwald. Das räumt mit dem vielberühmten »Inneren Schweinehund« auf. Und dann geht es leider (mit einem Tiroler Andenken in der Tasche) wieder heimwärts. Weil aber die »Herzblatt-Dame« einen Winterprospekt mitnimmt, beschließt man daheim, in wenigen Monaten das weiße Berwang anzuschauen. Eine nächtliche Rodelpartie vom Jägerhaus herunter, eine fröhliche Pferdekutschenfahrt durch den verschneiten Winterwald, ein Versuch auf dem »Snowboard« oder eben einfach nur »Ski fahren«, das wäre dann zu entscheiden. Die »Herzblatt-Dame« weiß jetzt schon, daß sie sich für die Nachtrodelpartie starkmachen wird.

Mach es wie die Sonnenuhr, zähl die heiteren Stunden nur.

Anreise
Mit der Bahn über Garmisch-Ehrwald bis Bichlbach/Berwang oder über Reutte nach Bichlbach/Berwang (Bahnstation 4 km von Berwang entfernt).
Mit dem Auto Autobahn Stuttgart–Kempten, weiter über Reutte, Heiterwang, Bichlbach bis Berwang, oder: Autobahn München–Garmisch, weiter über Ehrwald, Bichlbach bis Berwang.
Mit dem Flugzeug bis München (120 km) oder Innsbruck (90 km).

Ortsambiente
Berwang liegt mitten in einem wunderschönen Hochtal, auf 1336 Meter Höhe, zwischen den Lechtaler Alpen, dem Wettersteingebirge mit der Zugspitze und dem Ammergebirge, vier Kilometer abseits der Durchgangsstraße Reutte-Fernpaß. Das aus mittelalterlichen Schwaighofgründen hervorgegangene Dorf gehört zum Bezirk Reutte und ist als Sommer- und Wintersportort gleichermaßen bedeutsam. Die zur Gemeinde zählenden Weiler und Einzelhofsiedlungen Rinnen, Brand und Mitteregg schmiegen sich an die zum Rotlech, Kleinstockach, Bichlbächle und Stockachbach steil abfallenden Hänge.

Historie
Die Berwanger Kirche wurde erstmals im Jahre 1434 namentlich erwähnt und zwischen 1731 und 1734 erweitert. Durch eine gründliche Renovierung in den Jahren 1944 bis 1948 erhielt die dem hl. Jakobus geweihte Pfarrkirche ihr heutiges Aussehen. Beispiele hervorragender sakraler Baukunst stellen die zahlreichen Kapellen in den Ortsteilen Rinnen, Brand, Mitteregg, Gröben, Bichlbächle und Kleinstockach dar. Die Bewohner von Berwang und der umliegenden Weiler haben sich seit eh und je mit der Landwirtschaft (Viehzucht) beschäftigt. Die schöne Lage und die Gastfreundschaft der Bewohner haben dazu beigetragen, daß sich Berwang zu einem beliebten Urlaubsort entwickelt hat.

Unterkunft
Herzblatt-Auswahl
Sporthotel Singer
A-6622 Berwang/Tirol
Telefon: 00 43/56 74/81 81
HP/P DM 100,– bis DM 130,–
Berwanger Hof
A-6622 Berwang/Tirol
Telefon: 00 43/56 74/82 88
HP/P DM 50,– bis DM 120,–
Rotlechhof
A-6622 Berwang-Rinnen
Telefon: 00 43/56 74/82 70
ÜF/P DM 30,– bis DM 45,–

Herzblatt special – Berwang
Herzblatt-Reisende übernachten im Rotlechhof in Berwang-Rinnen.
Im Herzblatt special sind folgende Leistungen enthalten: Begrüßungscocktail, Sekt im Zimmer, zwei Übernachtungen (Freitag/Samstag und Samstag/Sonntag) mit Frühstück und einem Dinner, ein ortstypisches Abendessen in einem Landgasthof, Herzblatt-Souvenir.
Herzblatt-Preis:
DM 169,– pro Person
Anmeldung:
Fremdenverkehrsverband
A-6622 Berwang/Tirol
Telefon: 00 43/56 74/82 68 und 83 48

Herzblatt-Unternehmungstips
Mountain-Bike-Tour.
Wanderung zum Sonnenaufgang auf den Thaneller.
Mit der Tiroler Zugspitzbahn zum höchsten Berg Deutschlands.
Pferdekutschenfahrt.
Nachtrodelpartie vom Jägerhaus nach Berwang.

Essen und Trinken
Herzblatt-Auswahl
Restaurant Heustadl
(Rustikal)
A-6622 Rinnen
Telefon: 00 43/56 74/81 50
Restaurant Wärmflasche
(Rustikal)
A-6622 Berwang-Unterdorf
Telefon: 00 43/56 74/81 58

Termine
Mittwochs und donnerstags Fackellauf vom Hönig oder in Rinnen.
Im Winter jeden Mittwoch Gästeeisschießen auf dem Eisplatz Berwang.

Einkaufen
Der Brotzeitladen im Zentrum: heimisch geräucherte Produkte, Käsespezialitäten und verschiedene Brotsorten.
Sport-Alm
Ski- und Sportmoden
A-6622 Bergwang 30

Weitere Infos
Fremdenverkehrsverband
A-6622 Berwang/Tirol
Telefon: 00 43/56 74/82 68
und 83 48
Tiroler Zugspitzbahn
Obermoos
A-6632 Ehrwald
Telefon: 00 43/56 73/23 09

Mona + Peter mit Herzblatt in Berwang (Tirol)

Peter, Barmann aus Salzburg, kennt Berliner nur als Piefkes, mit einer frechen, der Berliner Schnauze eben. Für Mona sind alle Alpenbewohner Kraxelhuber, die auf der Alm pausenlos sündigen. Bei so viel Vorurteilen eigentlich ein Wunder, daß beide auch Gemeinsamkeiten haben, extreme Hobbies. Er züchtet Schlangen und Echsen im Terrarium, sie ist in der Schwarzen Magie bewandert, kennt sich im Okkultismus aus. Als die beiden blonden Kandidatinnen verabschiedet werden, könnte sich Peter »in den Hintern« beißen. »Blond wäre genau mein Typ gewesen.« Typischer Satz mit X, war wohl nix.

Mona ist heilfroh, daß hinter der Trennwand »kein Almdudler in Tracht« steht, und Peter sieht eine »Flasche Schampus« vor sich. Darum hatte er vor der Sendung mit Freunden gewettet, die ihm prophezeiten, sein Herzblatt sei mindestens zehn Zentimeter größer als er. »Paßt scho«, murmelt er und schaut auf die dunkelhaarige Mona herunter.

Wie hatte sie seine letzte Frage, »ich habe ein Terrarium. Da passiert es schon manchmal, daß ein Tier auskommt. Stell dir vor, du wachst morgens neben einer Königspython auf. Was machst du?«, so schlagfertig beantwortet?

Mona: »Wenn du noch mehr von diesen Überraschungen auf Lager hast, dann würd' ich vielleicht bei dir bleiben.«

Der Hubschrauber düst nach Süden, Kurs Zugspitze. Die Wolken hängen tief. Unten im Tal ist der Tag grau und ungemütlich. In Berwang, auf 1336 Meter Höhe strahlender Sonnenschein, azurblauer Himmel. Der Schnee glitzert und funkelt. Nach einem Sektempfang durch den Bürgermeister, werden die beiden für einen Schnupperskikurs eingekleidet und ausgerüstet. Peter fährt Snowboard, und Mona ackert den Hang im Schneepflug. »Eigentlich waren wir mehr getrennt als zusammen«, meint Mona, die Peter »irre, a bissl ausgeflippt« vorkommt. Allein, was sie ihm über Schwarze Messen und so ein Zeug, diese ganzen parapsychologischen Phänomene und den Teufel erzählt habe, »also normal ist des, glaub' ich, net«. Mona ficht das nicht an, freut sich, daß Peter und die Skilehrer fachmännisch feststellen, sie habe einen knackigen Hintern.

Beim Umziehen im Hotel sind sie das erste Mal alleine. Peter dreht sich höflich um, als Mona sich aus dem Skianzug fummelt. Sie ist nicht so dezent. Findet seine Boxershorts mit dem Buggs Bunny auf der Kehrseite ganz witzig. »Deine Figur ist eigentlich normal, nicht so doll, aber auch nicht so schlimm«, meint sie und muß dabei »gepflegt ablachen«. Unser Barkeeper

SIE HABEN GUT »ABGELACHT«, DIE IRRE UND DER SPIESSER

ist verunsichert. Die Pferdeschlittenfahrt wäre um ein Haar romantisch geworden. Peter jedenfalls war's danach. Mona kurz und trocken, »ist nicht. Mir läuft die Neese«. Und weit und breit kein Taschentuch. »Det hat mir fertig gemacht«, stöhnt sie, und dem Peter kann sie jetzt auch gestohlen bleiben. »Wenn die da neben dir immer in einer Tour schnupft, des is scho störend, wannst a G'fui hast. Bei so aner Schlittenfahrt.«

Nach einem opulenten Mittagessen hauen sie sich für zehn Minuten auf's Ohr. »Mehr war nicht«, obwohl die Nase nicht mehr lief. »Immerhin«, wendet Peter ein, »wir sind miteinander ins Bett gegangen«. Und jetzt können beide wieder ablachen ohne Ende.

Weiß der Teufel wie, doch plötzlich geht's um das Thema »Stellungen«. Als Peter von der chinesischen Schlittenfahrt faselt, hakt Mona nach. »Ich weiß, in der Gesellschaft gilt es als säuisch, über Stellungen zu reden, aber mir interessiert det Thema.«

Peter kommt ins Schwimmen. Mehr als das, was Johannes Mario Simmel, der Erfinder, in seinem Roman verraten hat, weiß er auch nicht. Hätte er bloß nicht damit angefangen. »Ist ja echt ein Klopfer«, mosert Mona, »er steht, und sie hängt, des isses? Wat denn, wie det konkret abläuft, weest 'de nich?«

»An die Stöcke kann ick mir ja gar nich festhalten . . .«, wundert sich Mona auf »Berliner Weise«!

Kein Wunder, daß sie von da an ihn nicht für einen reifen Mann, »sondern eher so'n Mittelding« hält. Er könnte glatt als Kleinbürger durchgehen. Peter ist überfordert, »ich wußte, einen ganzen Tag lang würde ich so eine Berliner Schnauze nicht aushalten«. Prompt schläft er im Hubschrauber ein, »wat ein erhebendes Gefühl«, kommentiert die Berliner »Hexe« den lahmen Abgang des Helden. Nun könnte man meinen, das war's. Weit gefehlt. Die zwei planen einen einwöchigen Skiurlaub, dann will Mona Peters Königspython in Salzburg streicheln, und »dann nehm ick den Jungen unterm Arm mit über den Ku'damm«.

SILKE + PETER MIT HERZBLATT

IN GÖSSWEINSTEIN

Für Burgen- und Höhlen-Romantiker

Der Schriftsteller und Schloßherr Hans Max von Aufseß, uralter fränkischer Adel und Nachfahre des Gründers des »Germanischen Nationalmuseums« zu Nürnberg, hat seine Fränkische Schweiz den »Schlupfwinkel des deutschen Gemüts« genannt. Und »Herzblätter« werden schon bei der Anreise ins »Ferienzentrum Gößweinstein-Behringersmühle« feststellen, daß man Romantikern keine bessere Adresse als diese Fränkische Schweiz geben kann. Grünsilbern ist das Licht im idyllischen Tal des Wiesentflusses, dem man seinen Reichtum an Forellen ansieht. Vier Täler kommen bei Behringersmühle, das zur Marktgemeinde Gößweinstein gehört, zusammen. Vierfache Wald- und Wiesental-Romantik ist also geboten, mitten im Herzen der Fränkischen Schweiz.

Einst das »Muggendorfer Gebürg«

Dieser »Schlupfwinkel des deutschen Gemüts« wird erst seit 1829 »Fränkische Schweiz« genannt. Bis dahin hieß dieser Teil des Fränkischen Jura das »Muggendorfer Gebürg«. Erfinder des neuen, doch etwas bombastischen Namens, war der Bamberger Kunstsammler und Naturfreund Josef Heller, der in besagtem Jahr ein Büchlein herausbrachte, das den Titel trug »Muggendorf und seine Umgebung oder die Fränkische Schweiz«. Die echte Schweiz kam damals gerade als Inbegriff für Naturnähe auf, und bald entstanden überall, wo es romantisch und halbwegs gebirgig war, neue »Schweizen«. Weltweit gibt es heute an die hundert solcher »Schweizen«, sogar eine »Holsteiner Schweiz«.

Ein Luftkurort mal zwei

Unser »Herzblatt-Paar« ist so gescheit und reist von Forchheim her über Ebermannstadt, Streitberg und Muggendorf an. Da führt der Weg durchs Wiesenttal, und irgendwann kommt dann der einmalige Blick: unten im grünen Tal der Luftkurort Behringersmühle, hingeschmiegt an den silbernen Lauf des Flusses, droben überm waldigen Talhang der Luftkurort Gößweinstein, von dem man zunächst nur die romantische Burg und die Turmspitzen der großen, barocken Wallfahrts-Basilika sieht. Die Gemeinde ist also »Luftkurort mal zwei«, einmal im grünen Tal, einmal droben auf luftiger Höhe.

Die Wahl fällt schwer, doch die Neugier treibt unsere »Herzblätter« bergwärts, hinauf nach Gößweinstein. Das kann doch nicht nur Burg und Kirche sein? Ist es auch nicht, sondern ein sehr stattlicher Markt, gekrönt eben von jener Burg, die wie aus einem Märchenbuch geschnitten scheint,

Ein prunkvolles Gotteshaus ist die Barockbasilika in Gößweinstein. Sie ist der heiligen Dreifaltigkeit geweiht und von Balthasar Neumann erbaut.

SCHLUPFWINKEL DEUTSCHEN GEMÜTS GÖSSWEINSTEIN

und einer großartigen Barockkirche, die der Meister der weltberühmten Würzburger Residenz, Balthasar Neumann, geschaffen hat. Eine Dorfkirche ist das freilich nicht, sondern prunkvolles Gotteshaus für Abertausende von Wallfahrern, die noch heute - oft zu Fuß - nach Gößweinstein heraufziehen. Besonders stark ist der Pilgerstrom am ersten Sonntag nach Pfingsten, dem »Dreifaltigkeitssonntag«, weil die Basilika der heiligen Dreifaltigkeit geweiht ist.

Allerhand los zwischen Burg und Kirche

Wer so ein Wochenende im »Ferienzentrum Gößweinstein-Behringersmühle« zubringt, müßte eigentlich gar nicht nach Veranstaltungen und Aktivitäten fragen. Für zwei Tage gibt es in und um Gößweinstein so viel zu sehen, daß man kein »Programm« bräuchte. Einfach herumschlendern, ein wenig daran denken, daß hier im »Scheffel-Gasthof Distler« ein Zimmer dem Besuch des Dichters Victor von Scheffel (sein Denkmal steht auch im Ort) gewidmet ist und daß Richard Wagner 1879 mit Familie beim Distler »zu einem heiteren Mahle einkehrte« und den Anblick der Burg Gößweinstein als Vorbild für seine »Gralsburg« im »Parsifal« mit nach Bayreuth genommen haben soll.

Halt, da ist aber doch ein Programm da, eigens für unser »Herzblatt-Paar« aufgestellt. Am Morgen nach der ersten Nacht - selbstredend nach einem erstklassigen fränkischen Frühstück - wird die Basilika besichtigt. Was für ein Ausmaß, dieser Raum! Von der Kirche geht es hinüber in die Burg mit ihren reichen Sammlungen. Da kann unsere »Herzblatt-Dame« ausgiebig Burgfräulein spielen, und der »Herzblatt-Bub« kann sich überlegen, ob er einstmals als Burgherr lieber Raubritter oder ein wackerer Rittersmann geblieben wäre.

Ja so was, ein »Bierwanderweg«

Dem Nachmittagsprogramm stellt die »Herzblatt-Dame« einige Bedenken entgegen, die sich aber als grundlos erweisen: die »Bier-Wanderung« hat nicht nur mit dem schäumenden Gerstensaft, sondern auch viel mit freier Natur zu tun. Und wenn es schon in der Fränkischen Schweiz an die 80 Klein- und Kleinstbrauereien gibt, dann sollte man eine davon wenigstens besuchen, das höchst individuelle Bier versuchen und die deftige Brotzeit mit hausgemachten Zutaten genießen.

Vier Täler kommen beim Luftkurort Behringersmühle zusammen, vier Täler mit kleinen Flüssen, die früher emsig Mühlräder getrieben haben. Manche Mühle steht noch, manches Mühlrad dreht

Der heilige Martin, der seinen Mantel teilt – den Mantel der Nächstenliebe.

sich wieder. Unsere »Herzblätter« sitzen abends in der »Stempfermühle«, einem höchst originellen Gasthof. Dort wartet nicht nur ein freundlich serviertes Abendessen auf unsere Gäste, sondern auch bereits das ganz gewiß überraschende Abschiedsgeschenk. Was wohl? Soll das nun hier wirklich verraten werden? Nein, Romantiker lieben doch Geheimnisvolles.

Stalagmiten oder Stalaktiten, das ist die Frage

Am Sonntagmorgen können die »Herzblätter« im »Fränkische-Schweiz-Museum« sich allerhand Information über dieses außergewöhnliche Gebiet holen. Nach dem Mittagessen schlägt die Abschiedsstunde von Gößweinstein. Noch aber steht ein großes Erlebnis bevor: die »Teufelshöhle«, gleich bei Pottenstein, nur ein paar Kilometer von Gößweinstein entfernt. Durch den größten Höhleneingang Deutschlands kommt man zu den wirkungsvoll beleuchteten Tropfstein-Sälen dieser großen Schauhöhle der Fränkischen Schweiz. Für ausgesprochene Höhlen-Romantiker wäre hier noch ein weites Feld. An die tausend Höhlen verstecken sich in den Jurafelsen der Fränkischen Schweiz! Und es werden immer wieder neue entdeckt.

Wenn unsere zwei am späten Nachmittag aus den Tälern der Fränkischen Schweiz wieder ins offene Land hinausreisen, gibt es ein kleines Abfragen zwischen »Herzblatt-Dame« und »Herzblatt-Bub«: Wie war das mit den Tropfsteinen? Was sind Stalagmiten und Stalaktiten? So, Stalagmiten sind hängende und Stalaktiten stehende Tropfsteine, meinst du? Falsch, ganz falsch; gerade umgekehrt ist es. Merk es Dir halt nun endlich einmal: Stalagmiten wachsen von unten nach oben, Stalaktiten von der Höhlendecke nach unten, kapiert? Vielleicht wirst Du einmal in einem Fernseh-Quiz danach gefragt und holst Dir dann damit den Großen Preis. Dann könnten wir vielleicht eine Reise gewinnen. Am besten hierher.

Die Wallfahrtskirche zählt mit ihrer reichen Barockausstattung, den Malereien und Stukkaturen zu den schönsten Kirchen Frankens.

Anreise
Mit der Bahn über Nürnberg nach Forchheim, weiter mit Bus nach Gößweinstein.
Mit dem Auto: Autobahn Nürnberg bis Ausfahrt Höchstadt-Ost, weiter über Forchheim auf B 470 bis Gößweinstein.
Mit dem Flugzeug bis München (230 km) oder Nürnberg (50 km).

Ortsambiente
Der Wallfahrtsort Gößweinstein gilt als Kleinod in der romantischen Landschaft der Fränkischen Schweiz. Überragt von der mittelalterlichen Burg und der gewaltigen Barockbasilika, erbaut von Balthasar Neumann, liegt der Ort windgeschützt und sonnenbegünstigt in einer von Felsgruppen und Mischwäldern umgebenen Höhenmulde. Von dem nach Richard Wagner benannten Aussichtspunkt bietet sich ein herrlicher Rundblick über Höhen und Täler bis hinunter nach Behringersmühle, dem geographischen Mittelpunkt der Fränkischen Schweiz.

Historie
Gößweinstein wurde um das Jahr 980 gegründet und 1076 erstmals urkundlich erwähnt. Der Bau der Burg erfolgte vermutlich um das Jahr 1050. Ihr erster Lehensträger, ein Graf

Goswin (Gottesfreund), gab der Burg und dem Ort den Namen: Goswinstein, Gotzweinstein und schließlich Gößweinstein. Die Burg wechselte wiederholt ihre Besitzer und ging im Zuge der Säkularisation an den Bayerischen Staat über. 1877 wurde sie verkauft und ist seit dieser Zeit im Privatbesitz. Die erste Kirche, vermutlich eine Kapelle, entstand um etwa 1071. Mitte des 17. Jahrhunderts wurde Gößweinstein zum bedeutendsten Wallfahrtsort Frankens. Bedingt durch den Wallfahrtsbetrieb gab es verhältnismäßig viele Gaststätten, die Mitte des 19. Jahrhunderts eine wichtige Voraussetzung für das Entstehen einer Sommerfrische waren. Während der dreißiger Jahre dieses Jahrhunderts entwickelte sich Gößweinstein zum bedeutendsten Luftkurort der Fränkischen Schweiz.

Unterkunft
Herzblatt-Auswahl
Hotel Gasthof Frankengold
Behringersmühle 29
8556 Gößweinstein
Telefon: 0 92 42/15 05
ÜF/P DM 36,– bis DM 45,–
Hotel Garni Regina
Pezoldstr. 105
8556 Gößweinstein
Telefon: 0 92 42/2 50
ÜF/P DM 32,– bis DM 45,–
Pension Türmer
Victor-v.-Scheffel-Straße 197
8556 Gößweinstein
Telefon: 0 92 42/4 94
ÜF/P DM 24,–

Essen und Trinken
Herzblatt-Auswahl
Weinhaus zur Post
(Top Adresse)
Balthasar-Neumann-Str. 77 ½
8556 Gößweinstein
Telefon: 0 92 42/2 78
Gaststätte Birkenhof
Sachsendorf
8556 Gößweinstein
Telefon: 0 92 42/4 41

Termine
Dritter Sonntag im August Bürgerfest rund ums Rathaus
30./31. Dezember Konzert in der Basilika.

Einkaufen
Fossilien und Halbedelsteine
Dietrich Schelhas
Pezoldstraße 15
8556 Gößweinstein

Weitere Infos
Verkehrsamt
8556 Gößweinstein
Telefon: 0 92 42/4 56

Herzblatt special – Gößweinstein
Herzblatt-Reisende übernachten in der Restaurant-Pension Schönblick in Gößweinstein.
Im Herzblatt special sind folgende Leistungen enthalten: Begrüßungscocktail, eine Flasche Sekt im Zimmer, zwei Übernachtungen (Freitag/Samstag und Samstag/Sonntag) mit Frühstück, zwei Dinner, Herzblatt-Souvenir.
Herzblatt-Preis:
DM 220,– pro Person
Anmeldung:
Verkehrsamt
8556 Gößweinstein
Telefon: 0 92 42/4 56

Herzblatt-Unternehmungstips
Basilika und Burg Gößweinstein.
Teufelshöhle in Pottenstein.
Bierwanderung mit Einkehrmöglichkeit in einer Kleinbrauerei.

Aber hallo«, denkt Silke. Auf ihre erste Frage, »ich bediene in einer lauten Disco. Wie heißt dein erster Satz, wenn du mit mir flirten willst?«, trifft einer der Kandidaten den Nagel auf den Kopf. »Da müßt' ich wohl schreien. Ich würd' wohl sagen, hallo, mein Name ist Tom Cruise.«

Tom Cruise, sie muß tief schnaufen. »Groß, blaue Augen, dunkle Haare, der schaut total goldig aus.« Ob der Kandidat... Das Publikum macht Stimmung. Silke ist ahnungslos. Als die Wand zurückgeht, traut sie ihren Augen nicht. »Klein, schmächtig, blondes Haar, blaue Augen, Brille, vom Aussehen her überhaupt nicht mein Typ.« Von wegen Tom Cruise. Ganz anders Peter. Dem beschlägt es fast die Brille. »Ich war angenehm überrascht, fand sie auf Anhieb sehr süß und wußte sofort, Silke könnte meine Traumfrau werden.«

Am nächsten Tag macht Silke zwar gute Miene zum bösen Spiel, packt aber, wo immer es geht, eine gehörige Distanz zwischen sich und Peter. Während des Hubschrauberflugs sitzt sie neben dem Piloten, Peter alleine in der Passagierkabine. Nach einem Sektempfang fahren die beiden mit einer doppelspännigen Kutsche auf die Burg Gößweinstein. In warme Decken gehüllt, achtet Silke weiterhin auf Abstand, ist froh, daß zwischen ihnen ein Korb mit dem Essen steht. »Es hätte schon romantisch sein können, mit einem anderen Typ von Mann«, ist sie ehrlich. Peter genießt in vollen Zügen. Je länger er Silke anschaut, um so mehr kommt er ins Schwärmen. »Sie hat ein niedliches Gesicht, hat tolle, große Augen und einen schönen, verführerischen Mund, den sie auch immer schön anmalt. Von den wunderbaren Haaren gar nicht zu reden...« Er würde natürlich auch gerne Komplimente über ihre irre Figur machen, weiß nicht, wie er das anstellen soll, putzt ständig seine Brille und zwingt ihr ein Gespräch auf. Über die Freizeit, seinen Job, das Fernsehen, »ziemlich banales Zeug«, wie Silke findet. »Den Jungen müßte man erstmal fünf Jahre ins Body Building-Studio scheuchen.« Ob das allein reicht, ist sie sich nicht sicher. »Solange der nur seine Computer im Kopf hat, bleibt es ein hoffnungsloser Fall.«

So ungerecht kann das Leben sein. Denn Peter hat einen totalen Blackout. Sein Hirn ist abgestürzt, alle Bits arbeiten zwar auf Hochtouren, aber rasen unkontrolliert um ein Thema, die Liebe. »Ein Zeichen von ihr, und ich würde sie zärtlich in den Arm nehmen und ihr einen richtig schönen Kuß geben.« Aber er knabbert noch ein wenig an ihrer unübersehbaren Enttäuschung, als er erstmals in ihr Blickfeld

DIE RICHTIGE FRAU ENTFACHT IN MIR DAS TIER

kam. Den Mut, die Initiative zu ergreifen, hat er nicht. Das ist gut so. »Wenn er versuchen würde, mich unter der Decke kennenzulernen«, schwört sich Silke, »dann fliegt er raus!«

Auf der mittelalterlichen Burg empfängt der Bürgermeister die beiden im Rittersaal. Und weil er in Personalunion auch Standesbeamter ist, »vermählt« er die beiden auf historischem Parkett. Peter nutzt auch diese Chance, die keine ist, nicht. »Ohne Ringe gibt es keinen Kuß für die Braut«, erklärt er, und über den Witz kann keiner lachen. »Mit Ringen hätte es auch keinen gegeben«, kontert Silke in Gedanken und wünscht sich, von dem Typ wegzurosten.

Im Kuhstall, beim Melken, hebt sich die Stimmung, »weil die Kuh ihm ständig den Schwanz um die Ohren gehauen hat«. Zugegeben, er hat mehr Milch rausgekriegt, »aber nur, weil er die Kuh gequält hat und an ihr gezogen hat wie ein Gestörter«.

Beim Mittagessen haben beide keinen Appetit. Der Schnellkurs in Sachen Bauernmalerei ätzt Silke, »weil er nicht einmal einen Kreis malen kann, völlig untalentiert ist«. Peter bleibt Optimist. Für ihn ist das ein Bilderbuchtag, und die Eroberung Silkes erklärt er kurzerhand zum Langzeitprojekt. Er weiß, daß er heute lahm, unentschlossen und ein bißchen feige wirkt. Doch er weiß auch, »in der richtigen Stimmung entfacht die richtige Frau in mir das Tier«. Klassischer Fall von Denkste für Silke. »Vielleicht hat er auch heute nur einen schlechten Tag, ich müßte ihm halt gut zureden. Sicher steckt auch in ihm eine Persönlichkeit, er ist nur zu schüchtern, er traut sich nicht.« Und selbst dann hat sie ihre berechtigten Zweifel, ob da ein Schmusekater dabei rauskäme. Charakterlich sei er in Ordnung, aber optisch? Peter hat die Lösung, »ich müßte mir wohl die Haare dunkel färben, zum Body Building gehen, einen Hubschrauberpilotenschein machen und sie mit dem Helikopter abholen, dann wäre sie bestimmt rundum glücklich.« Silke hält's wie unser Ex-Teamchef Franz Beckenbauer, »schau'n wir mal«.

Urlaub einmal anders – in der Fränkischen Schweiz wird die Bauernmalerei noch gepflegt, und für Gäste werden spezielle Kurse angeboten.

SABINE+VIGGO MIT HERZBLAT

IN NUSSDORF AM INN

NACH NUSSDORF AUF DER SONNENSEITE DES INNTALES

Ein Dorf im Grünen ist der staatlich anerkannte Erholungsort Nußdorf am Inn, hingebreitet an die schützenden Waldhänge, die sich vom Hochplateau des Samerbergs und vom markanten Gipfel des Heuberges herunterziehen. Es blüht und grünt in dem langgestreckten Dorf an der Sonnenseite des bayerischen Inntales, daß es eine wahre Freude ist. Da wird man bei der Ankunft schon froh und ist dann auch gar nicht mehr erstaunt, daß das Quartier im Gasthof nicht aus der Nußdorfer Art schlägt, sondern zum Gewachsenen gehört, wobei ja der Komfort unserer Tage nicht fehlen muß.

Nußdorfer »Kleine Nachtmusik«

Unser »Herzblatt-Paar« wird schon am ersten Abend mit Vergnügen feststellen, daß die Nußdorfer höchst musikalische Leute sind. Es gibt eine »Kleine Nachtmusik«, freilich keinen Mozart, sondern Volksmusik, aber echte. Das ist hier einfach so der Brauch, daß die Musikanten vom Ort sich beim Wirt einfinden und aufspielen. Gar nicht, weil man ein beliebter Fremdenverkehrsort ist, nur aus Freude. Neben kleinen Gruppen, die sich als »Stubnmusi« zusammengetan haben, gibt es aber auch große Musikkapellen. Wenn man da ein wenig in den alten Aufzeichnungen blättert, erfährt man so mancherlei, vor allem, daß es nicht immer leicht gewesen ist. Da sind zum Beispiel die »Hinterberger«. In der schlechten Zeit von 1947 waren deren Blasinstrumente zum Teil reparaturbedürftig. Gegen windige Reichsmark war da nichts zu machen. Also legte man eine Liste für freiwillige Spenden auf: »Vier Eier, 500 Gramm Fleischmarken« oder »500 Gramm Nährmittelmarken«. Am Schluß bestätigte eine Münchner Werkstätte für Instrumentenbau dem Kapellmeister Christian Liegl, »liebenswürdigerweise eine Zuwendung von 13 Pfund und 150 Gramm Fleisch, 3 ½ Kilogramm Brot und 500 Gramm Nährmittel erhalten zu haben«. So viel ist den Nußdorfern schon immer die Musik wert gewesen.

Auf den »Erhabenen Wolkenträger«

Das »Herzblatt-Dinner« vom vergangenen Abend noch in bester Erinnerung, machen sich »Herzblatt-Dame« und »Herzblatt-Bub« am anderen Morgen auf den Weg zur anderen, westlichen Innseite, nach Brannenburg. Sie beschließen, nicht den Nußdorfer Hausberg, den wahrhaft markanten Heuberg, zu Fuß zu erklimmen (obwohl sie sich damit um eine Bestätigung ihrer körperlichen Fitness bringen), sondern mit der guten alten Zahnradbahn auf

Die Hl. Kreuz Kirche liegt zwischen der deutschen und österreichischen Grenze im sogenannten Niemandsland.

Der Ziehharmonika-Spieler – ein beliebtes Fotomotiv vor dem Fremdenverkehrsamt.

den Wendelstein zu fahren. Das ist freilich ein besonderes Erlebnis; denn der Lokomotiven- und Wagenpark stammt noch zu einem großen Teil aus dem Eröffnungsjahr 1912! Ein »Museumsbähnle« also. Das Bergbahn-Vergnügen von Brannenburg bis hinauf zum Wendelsteinhaus dauert eine knappe Stunde.

Während die zwei dann immerhin noch zu Fuß auf den Gipfel des Wendelsteins steigen, genießen sie einen grandiosen Alpenblick. Hernach, am gastlichen Tisch des Berghauses, studieren sie ein Bücherl über den Berg. Da wird über den bayerischen Historiker Lorenz von Westenrieder berichtet, der im August 1780 mit viel Angst und Mühe auf den Wendelstein stieg und dort oben notierte: »Ich bin hier im Reich der Ruhe und höre das Stillschweigen! Ach, mein theurer Freund, ich schreibe hier oben an einem Orte, wo noch keines Menschen Hand geschrieben, vielleicht auch keine mehr schreiben wird.« Da lächelt die »Herzblatt-Dame« über ihr halbes Dutzend Ansichtskarten hinweg, die sie gerade mit Grüßen an die lieben Freunde daheim versieht. Der »Herzblatt-Bub« aber schreibt auf seine Postkarte: »Herzliche Grüße vom Erhabenen Wolkenträger.« »Was soll das?«, wird ihn seine liebenswürdige Begleiterin fragen. »Schau, in dem Bücherl steht doch, daß ein gewisser Joseph von Obernberg 1822 hier heroben gewesen ist und daß er den Wendelstein dann als ›Erhabenen Wolkenträger‹ bezeichnet hat. Das klingt doch gut, oder?« Die »Herzblatt-Dame« kann da nur zustimmen, mahnt aber zum Aufbruch. Am späten Nachmittag soll es schließlich von Nußdorf aus ins romantische Mühltal hineingehen, wo beim »Jägerhäusl« eine zünftige Brotzeit wartet. Also, fahren sie wieder hinunter.

Die Nußdorfer »Plattler Buben« sind bei den Waldfesten immer dabei.

Zur Wallfahrt der »Wasserfahrer«

Das war ein erlebnisreicher Tag gestern! Zuerst auf dem »Erhabenen Wolkenträger« und dann die schöne Atmosphäre im »Jägerhäusl«. Da erholt man sich prächtig. Der Sonntagvormittag zieht unser »Herzblatt-Paar« auf Pilgerfahrt. Weit müssen sie allerdings nicht gehen, nur von Nußdorf in den Wald hinauf, zur letzten bewohnten Einsiedelei Deutschlands. Am Ziel empfängt sie die einsame, auf einer Lichtung erbaute Wallfahrtskirche »Mariae Heimsuchung« in Kirchwald. Gleich neben der Kirche, die übrigens auch eine Freilicht-Kanzel hat, steht das Häuserl des Einsiedlers, schaut aus wie eine gepflegte Almhütte.

Die barocke Kirche hat einer aus dem Inntal gebaut: Wolfgang Dientzenhofer aus Aibling. Er gehört zur berühmten Baumeister-Familie der Dientzenhofer, die in aller Welt großartige Kirchen und Schlösser gebaut haben. Sie stammen vom westlichen Ufer des Inntales, gleich drüberhalb von Nußdorf.

Unseren zwei »Herzblättern« werden von der Ausstattung der Kirche vor allem die Zunftstangen auffallen, darunter auch diejenigen der Schiffsleute. Matrosen im Gebirg? Aber gewiß. Auch die Nußdorfer lebten früher von der Inn-Schiffahrt, brachten Güter bis nach Wien hinunter, waren dabei, wenn starke Pferde die beladenen Schiffszüge wieder bergwärts zogen. Wie gefahrvoll das Leben dieser »Wasserfahrer« gewesen ist, kann man von den interessanten Votivbildern ablesen, die so manches Schiffsunglück schildern, das - dank der Hilfe der Gottesmutter von Kirchwald - noch glimpflich abgelaufen ist.

Beim Abwärtswandern haben unsere »Herzblätter« noch einmal den herrlichen Blick auf die grüne, blühende Talbucht, in die sich Nußdorf bettet, und werden es sehr bedauern, daß ihre Koffer schon wieder gepackt im Gasthof warten. Beim Abschied versprechen sie natürlich gerne, wiederzukommen.

Die Wallfahrtskirche Mariae Heimsuchung in Kirchwald wurde 1719/20 von Wolfgang Dientzenhofer erbaut.

Anreise
Mit der Bahn über Rosenheim nach Brannenburg. Vom Bahnhof Brannenburg werden die Gäste vom Vermieter abgeholt.
Mit dem Auto Autobahn München–Salzburg bis Inntaldreieck, weiter Inntal-Autobahn bis Ausfahrt Brannenburg-Degerndorf-Nußdorf, dann noch zwei Kilometer bis Nußdorf.

Ortsambiente
Nußdorf liegt, eingebettet in eine Landschaft mit sanften Hügeln und eindrucksvollen Bergen, fast 500 Meter über dem Meeresspiegel, auf der Sonnenseite des bayerischen Inntals. Gepflegte Spazier-, Radl- und Wanderwege führen durch die herrliche Voralpenlandschaft, Berg- und Wanderfreunde finden zahlreiche Tourenmöglichkeiten. Für sportliche Abwechslung im Winter sorgen gespurte Loipen und eine Skipiste. Aber auch das Brauchtum findet im Nußdorfer Dorfleben noch Platz.

Historie
Urkundlich erscheint Nußdorf erstmals im Jahr 788. Der Ort wird in den Aufzeichnungen des Bischofs Arno von Salzburg als »Kirche mit eigenem Besitz« erwähnt. Die Bewohner der damaligen Gemeinde und Umgebung waren Edelmänner. Das Geschlecht der Klammensteiner wurde sogar im Wappen von Nußdorf verewigt: die schräge Mauerpartie über blauen Wellen symbolisiert die Burg Klammenstein und seine Lage am Inn. Lange Zeit lebten die Nußdorfer von der Schiffahrt und brachten Güter bis nach Wien und Budapest. Der fruchtbare Boden um den Fluß wurde von den Bauern genutzt, die das Dorf besiedelten. Inzwischen wohnen in Nußdorf über 2000 Menschen, und die herrliche Landschaft lockt immer neue Besucher an.

Unterkunft
Herzblatt-Auswahl
Gasthof Straßburger
Sonnhart 8 ½
8201 Nußdorf
Telefon: 0 80 34/13 29
ÜF/P ab DM 25,–
Gasthof Schneiderwirt
Hauptstraße 8
8201 Nußdorf
Telefon: 0 80 34/5 27
ÜF/P ab DM 40,–
Ring-Stüberl
Am Ring 1
8201 Nußdorf
Telefon: 0 80 34/5 53
ÜF/P ab DM 30,–

Essen und Trinken
Herzblatt-Auswahl
Nußdorfer Hof (Rustikal)
Hauptstraße 4
8201 Nußdorf
Telefon: 0 80 34/75 66
Café Restaurant Heuberg
Mühltalweg 12
8201 Nußdorf
Telefon: 0 80 34/23 35

Termine
Ab Mai jeden Mittwoch Grillabend beim Schneiderwirt (18 Uhr).
Jeden Donnerstag Knochenschinken-Essen im Café Heuberg.
Jeden Freitag Salatbuffet im Café Heuberg und Steakabend im Gasthof Straßburger.
Juni, Juli und August jeweils am Wochenende Waldfest.

Weitere Infos
Verkehrsbüro
Brannenburger Straße 10
8201 Nußdorf am Inn
Telefon: 0 80 34/23 87

Herzblatt special – Nußdorf
Herzblatt-Reisende übernachten im Nußdorfer Hof in Nußdorf. Im Herzblatt special sind folgende Leistungen enthalten: Begrüßungscocktail und Sekt im Zimmer, zwei Übernachtungen (Freitag/Samstag und Samstag/Sonntag) mit Frühstück und Abendessen, Herzblatt-Souvenir.
Herzblatt-Preis:
DM 250,– pro Person
Anmeldung:
Verkehrsbüro
Brannenburger Str. 10
8201 Nußdorf am Inn
Telefon: 0 80 34/23 87

Herzblatt-Unternehmungstips
Wanderung durch das romantische Mühltal zum Jägerhäusl.
Mit der Zahnradbahn auf den Wendelstein.
Wanderung nach Kirchwald, der letzten Einsiedelei Deutschlands.

Sabine + Viggo mit Herzblatt in Nußdorf am Inn

Sabine hat Prinzipien, an die sie sich hält. Seit in einer »Herzblatt«-Sendung ein typischer Seppl mit Tracht das Rennen gemacht hatte, stand für sie fest, »einen Bayern nie«. Für Viggo war damit das Rennen gelaufen, bevor es richtig begann, weil er als einziger der drei Kandidaten hochdeutsch sprach.

Auf den ersten Blick findet sie ihn unsympathisch, und Viggo ist »ihre Figur zu kräftig«. Na, das konnte ja heiter werden. Den Hubschrauberflug genießen beide schweigend, keine besonderen Vorkommnisse. Die Fahrt im Rolls-Royce vom Landeplatz nach Nußdorf begießen sie mit Champagner, und Sabine registriert, »der Junge schluckt nicht schlecht«. Aber Schampus macht ja bekanntlich lustig und hoffentlich auch gesprächig. In Nußdorf angekommen, werden die beiden vom Bürgermeister empfangen. Da wartet auch schon die Kutsche, und die Fahrt durch die schöne Landschaft beginnt zunächst schweigend. Viggo ist ihr »zu langweilig«. Als Partner undiskutabel, weil sie einen »fetzigen Typen« braucht, »einen, der Ideen und Initiative hat«. Und bevor sie neben dem Langweiler einschläft, sorgt sie selbst für Action.

Der Kutscher hat keine Chance zu protestieren, als sie auf den Bock klettert und ihm die Zügel aus der Hand nimmt. Viggo sitzt für die nächste Stunde allein, schweigend, »arrogant« wie Graf Koks in der Kutsche. Sabine ist das egal. »Natürlich, ich versuche immer zu dominieren, den anderen unterzubuttern.« Doch das solle eine Einladung zur Gegenwehr sein. »Wenn einer stark ist, läßt er sich das doch nicht gefallen, versucht er doch, mich unterzubuttern.« Wenn sie sich durchsetzt, dann ist ihr langweilig, »sinkt das Interesse gegen null«.

So wie jetzt, beim Mittagessen auf der Alm, bei zünftiger Zithermusik. Viggo will Brüderschaft trinken. »Wie einfallsreich.« Die Zither wimmert, »Herz an Herz«, schnulzen die Volksmusikanten. Sabine spielt mit, will den Kuß nicht, kriegt ihn doch und hält diesen Viggo für »ein ziemlich trübes Nordlicht«. Auf dem Rückweg setzt sie sich wie selbstverständlich ans Steuer und heizt den Jeep den Berg hinunter. »Echt tierisch, der Jeep, so ein ausgemustertes Amimodell.« Viggo sitzt stumm »und vielleicht ein bißchen breit« auf der Rückbank, dem einheimischen Wagenbesitzer tropft der Angstschweiß von der Stirn.

Sabine ist in ihrem Element. Viggo schleift sie mit durchs Programm, und das hat eher Züge von Mitleid denn Sympathie. Sie grault den riesigen Bernhardiner, bis der vor Zufriedenheit brummt und

WIE MAN EIN TRÜBES NORDLICHT UNTERBUTTERT

AUERBRAU
ROSENHEI

grunzt, und ist sich sicher, daß Viggo eifersüchtig ist. Was soll's, der Junge ist so aufregend wie eine Schlaftablette, und es kann nicht ihr Job sein, das zu ändern. Beim Gleitschirmfliegen macht sie ihm Komplimente, weil er das so schnell schnallt, als er auf einem Bergkamm meditiert, ist sie rundrum zufrieden wegen der Aussicht auf den Wendelstein und der Tatsache, daß Meditation die Kunst des Schweigens einschließt.

Als der Hubschrauber abhebt, die Landschaft immer kleiner und putziger wird und die letzten Strahlen der untergehenden Sonne über die Felskanten streifen, klinkt sich Viggo mit einem tiefen Seufzer aus. Obstler, frische Luft und Sabine haben ihn geschafft. Und die Gewinnerin durch technisches K.o. stellt mit Entsetzen fest, daß »er auch noch wahnsinnig dünn ist«. Vielversprechende Aussichten für handfeste Kerle, die weder Tod noch Teufel fürchten. Denn alles, was Sabine zum Glück noch fehlt, ist ein Mannsbild, das sie einmal richtig unterbuttern kann.

BARBARA+HANSI MIT HERZBLA

T IN EICHSTÄTT

LÄCHELNDES ROKOKO IN DER DOMSTADT EICHSTÄTT

Grüne Ufer links und rechts der gemächlich dahinfließenden Altmühl, fotogene Felsen aus bestem Jurakalk, Talhalden mit Wacholderbüschen, zwischen denen Schafe friedlich grasen, Kirchtürme, spitz oder mit Zwiebelhaube aus freundlichen Dörfern ragend, uralte Steinbrücke über den Fluß, römisches Mauerwerk auf freiem Feld, Urzeiten im Plattenkalk versteinert, winkende Paddler, fröhliche Radwanderer, Studenten im Jazz-Keller, mit Geduld gesegnete Angler, Quartier im historischen Gasthof: der »Naturpark Altmühltal«, der größte Naturpark in deutschen Landen, eine echte »Herzblatt-Landschaft«.

Mitten in diesem Naturpark fürs Faulenzen und fürs Erleben wartet Eichstätt. Über der Stadt, auf der Talkante, ein mächtiges Renaissance-Schloß, mitten in der Stadt zwei schwere Türme, die wie riesige kurze Bleistifte aussehen: der Dom des heiligen Willibald, der die Stadt vor 1250 Jahren zum Bischofssitz gemacht hat. Würdiges Alter hat Eichstätt, doch ist es keineswegs nur Höflichkeit einer »Alten Dame« gegenüber, wenn man von dieser Stadt sagt, daß man ihr das Alter überhaupt nicht ansehe. Dafür haben die Nachfolger des heiligen Willibald, die Fürstbischöfe, gesorgt, die in der Zeit von Barock und Rokoko ihre Residenzstadt auf den baukünstlerischen Stand der Zeit bringen ließen. Drei talentierte Baumeister haben das bewerkstelligt: Jakob Engel – (Angelini) und Maurizio Pedetti aus Norditalien und Gabriel de Gabrieli aus Graubünden. Ein vierter, früherer, der große Augsburger Stadtbaumeister Elias Holl, lieferte die Pläne für das trutzige Renaissance-Bergschloß der »Willibaldsburg«, die hoch oben über der Stadt den Eichstättern ihre Wünsche nach bürgerlicher Freiheit abgewöhnen sollte.

Mittelpunkt der Stadt Eichstätt ist der Marktplatz mit dem Denkmal des Bischofs Willibald auf dem Willibaldsbrunnen.

»Freiluftsaal« in Barock und Rokoko

Beim Bummel durch die schöne Altstadt können »Herzblätter« annehmen, die dortige Pracht von Barock und Rokoko sei eigens für sie geschaffen. Was für ein köstlicher »Freiluftsaal« ist doch der Residenzplatz, gerahmt vom Stadtpalast des Fürstbischofs, den Höfen und Häusern der Domherren und Kavaliere. Putten treiben am Brunnenrand, unter der Mariensäule, ihr fröhliches Spiel und den zwei steinernen Schildwachhäuschen am Portal der Residenz fehlen nur noch die bunt uniformierten Wachsoldaten, um den Besucher glauben zu lassen, im Fürstentum Monaco zu sein. Putten begleiten das »Herzblatt-Paar« auch durch das prachtvolle Treppenhaus der Residenz hinauf zum festlichen Spiegelsaal, wo

Durch die Glasfenster flutet das Licht ins Innere der Grablegestätte des Doms. Im Vordergrund die »Schöne Säule«.

Der Residenzplatz ist nicht nur ein Glanzpunkt Eichstätts, er zählt zu den schönsten Plätzen Deutschlands.

die beiden in den silbernen Scheiben sehen können, wie gut sie zusammenpassen.

Wie gut, daß die Wege eines Eichstätter Stadtbummels nur kurz sind. Viel gibt es zu sehen und zu erleben. Um den Willibaldsbrunnen ist Wochenmarkt, mittwochs und samstags, im Dom leuchten im Dämmerlicht die Glasfenster Hans Holbeins des Älteren und die Bildwerke aus Rotmarmor des berühmten Loy Hering, der in Eichstätt gelebt hat. In der östlichen Vorstadt, wo heute die Kirchliche Gesamthochschule, Eichstätts Universität, ihren Sitz hat, lockt der Hofgarten. Wer im Zeichen des »Herzblatts« reist, wird das Deckengemälde des Südtiroler Meisters Johann Evangelist Holzer im Großen Saal der dortigen Sommerresidenz besonders begeisternd finden: Frühling und Sommer hat der Künstler dargestellt, Jugend und Lebenskraft.

»Herzblätter« auf Fossiliensuche

Auch »Herzblättern« kann Information nötig sein. Die gibt es für den ganzen »Naturpark Altmühltal« in Eichstätt in ganz außergewöhnlicher Weise. Das einstige Frauenkloster »Notre Dame«, ein kostbarer Barockbau, hat sich in ein einzigartiges Informations-Zentrum verwandelt, das keine Auskunft und keine Vermittlung verweigert. Kinder können hier sogar mit der

Vergangenheit spielend umgehen. Ja, da wäre nun noch so viel zum Anschauen: die Klosterkirche mit dem Grab der heiligen Walburga, die Nachbildung des Heiligen Grabes von Jerusalem in der Kreuzkirche der Kapuziner, das Diözesanmuseum mit seinen Kunstschätzen, der Arkadenhof des Klosters Rebdorf, draußen vor der Stadt. Aber da steht ja der Plattenkalk-Steinbruch auf dem Programm, in dem man - mit geliehenem Werkzeug und unter sachkundiger Anleitung - nach Fossilien suchen kann. Nicht zu viel von der Arbeit im Steinbruch! Der Abend ist ja auch noch da. Zu Tisch im historischen Restaurant, hernach noch in eine Weinstube oder eine Studentenkneipe und dann ins komfortable Quartier, das der ebenso traditionsreiche wie modern ausgestattete Gasthof in der Stadtmitte bietet.

»Archaeopteryx« – was ist denn das?

Am anderen Morgen geht es hinauf auf die Willibaldsburg, ins »Jura-Museum«. Versteinerungen kann man dort bewundern, als Sensation eines der sechs Exemplare des im Plattenkalk bewahrten Urvogels »Archaeopteryx«. Ja, sogar ein »Urzeit-Aquarium« ist da! Das Mittagessen läßt man sich in der »Burgschänke« servieren. Und dann? Nachdenkliche wandern vielleicht hinaus zu den Hängen des Hessentales, wo ein Bildhauer ein Figurenfeld von einziger Art hinterlassen hat, das den Betrachter an die Sinnlosigkeit von Gewalt und Krieg mahnt. Vielleicht aber treibt es »Herzblatt-Paare« nach Dollnstein, wo die »Urdonau-Dampfbahn« durch das Wellheimer Trockental schnauft, durch das einst die Donau ihren Lauf nahm. Möglich aber, daß »Herzblätter« sich auch zu einer Bootsfahrt auf der Altmühl entschließen, damit sie am Ende der zweisamen Eichstätt-Reise das tun können, was ihnen vielleicht am meisten Freude macht: sich in die Augen schauen. Nur: das Rudern dabei nicht vergessen!

Der Spiegelsaal der ehem. fürstbischöflichen Stadtresidenz ist heute für Besucher zugängig.

Von Hans Holbein dem Älteren sind die Kirchenfenster im Dom.

Anreise

Mit dem Auto von München Autobahn Nürnberg bis Ausfahrt Eichstätt.

Ortsambiente

Eichstätt liegt inmitten des Naturparks Altmühltal. Zerklüftete Felsen, mit Burgen, Schlössern und Ruinen gekrönte Jurahänge, Laub- und Mischwälder, malerische Städte und Dörfer verleihen der Landschaft um Eichstätt ihren so außergewöhnlichen Reiz.

Historie

Die Ur-Donau formte vor rund 50 Millionen Jahren die reizvolle Tallandschaft mit ihren schroffen Felspartien, sanften Hängen und Wacholderheiden. Von 740 bis 787 wirkte hier der heilige Willibald und begründete das Bistum Eichstätt, welches später auch die Münz-, Zoll- und Marktrechte erhielt. 1634 wurde die Stadt im 30jährigen Krieg fast völlig zerstört, unter den Fürstbischöfen wieder aufgebaut und schließlich 1802 säkularisiert und Bayern zugesprochen. 1980 wurde Eichstätt zur katholischen Universitätsstadt ernannt.

Vor dem Willibaldschor im Dom die Statue des hl. Willibald. Im Jura-Museum sind bis zu 115 Millionen Jahre alte Fossilien zu sehen. Im Bild (rechts) ein Schwimmkrebs.

Unterkunft

Herzblatt-Auswahl
Hotel Adler
Marktplatz 22–24
8078 Eichstätt
Telefon: 0 84 21/67 67, 67 68 oder 67 69

ÜF/P DM 55,– bis DM 85,–
Gasthof zur Trompete
Ostenstraße 3
8078 Eichstätt
Telefon: 08421/1613
ÜF/P DM 37,–
Gasthof Ratskeller
Kardinal-Preysing-Platz 8–10
8078 Eichstätt
Telefon: 08421/1258
ÜF/P DM 31,–

Essen und Trinken
Herzblatt-Auswahl
Burgschänke (Rustikal)
Willibaldsburg
8078 Eichstätt
Telefon: 08421/4970
Restaurant Domherrnhof
(Top Adresse)
Domplatz 5
8078 Eichstätt
Telefon: 08421/6126

Termine
Von Mai bis Juli Eichstätter Sommerspiele.
Konzerte, Theater und Literatur auf verschiedenen Bühnen und in Lokalitäten.

Einkaufen
Kunst und Antiquitäten
Karl Weinhofer
Luitpoldstraße 32
8078 Eichstätt
Wochenmarkt jeden Mittwoch und Samstag am Willibaldsbrunnen (frische Lebensmittel)

Weitere Infos
Städtisches
Fremdenverkehrsbüro
Domplatz 18
8078 Eichstätt
Telefon: 08421/70237

Herzblatt special – Eichstätt
Herzblatt-Reisende übernachten im »romantischen Zimmer 38« im Hotel Adler in Eichstätt.
Im Herzblatt special sind folgende Leistungen enthalten: Begrüßungscocktail, zwei Übernachtungen (Freitag/Samstag und Samstag/Sonntag) mit Frühstück, ein Dinner in der »Schmuseecke« im historischen Gewölbekeller, Herzblatt-Souvenir
Herzblatt-Preis:
DM 190,– pro Person
Anmeldung:
Städtisches
Fremdenverkehrsbüro
Domplatz 18
8078 Eichstätt
Telefon: 08421/70237

Herzblatt-Unternehmungstips
Stadtbummel/Stadtführung.
Besichtigung der Residenz und des Domes.
Besuch des öffentlichen Steinbruchs und des Juramuseums.
Abendessen im Domherrnhof.

Barbara + Hansi mit Herzblatt in Eichstätt

Groß sollte er sein, blond, blauäugig, durchtrainiert, ein echter Kerl eben, nach dem sich die Mädchen auf der Straße umdrehen.

Mit fester Stimme fragt Barbara die hinter der Schiebewand verborgenen Kandidaten: »Was würde meiner Mutter an Ihnen nicht gefallen?«

Der erste Kandidat antwortet im breiten Bayerisch, »an mir? I kannt ma vorstell'n, daß wenn i in mei'm Nadelstreifenanzug 'rumlaf, des dat ihr net gfalln«. Das Publikum lacht, »die anderen Antworten fand ich, ehrlich gesagt, ziemlich bescheuert«, beschreibt Barbara, warum sich ihr Interesse sofort auf den Kandidaten Nummer eins konzentrierte. Ihre zweite Frage war ganz schön raffiniert: »Sie führen mich in ein vornehmes Drei-Sterne-Lokal. Am Eingang stürze ich zwei Treppen hinauf, klammere mich an ein Tischtuch, tausend Teller klirren. Ich liege am Boden, und am Tisch sitzt Ihr Chef. Wie verhalten Sie sich?« Sie hat ein bißchen Herzklopfen, denn insgeheim wünscht sie sich, daß Kandidat Nummer eins erneut mit der witzigsten Antwort rüberkommt. Auf Hansi ist Verlaß: »I dat wahrscheinlich sagn, Mausl, laß' die Tischdeckn in Rua - do hamma scho zwoa dahoam.« Das Publikum tobt, und Barbara muß sich ebenfalls vor Lachen »ausschütten«. Die zwei Mitbewerber können gegen so starke Aussagen nicht an. Und die letzte Frage nach einem Werbespruch über sich selbst beantwortet Kandidat A ebenso souverän und witzig wie zuvor: »Ja, bravo. Also, in aller Bescheidenheit dat i sogn, ein Tag mit mir bringt mehr wie zehn Tage mit Robert Redford.«

Für Barbara ist klar, Kandidat eins mußte ihr Traummann hinter der Schiebetür sein. »Als die beiden anderen tollen Typen mich begrüßt hatten, war ich gespannt wie ein Flitzebogen. Ich ließ mich auch ein bißchen vom Publikum beeinflussen, das meine Entscheidung so heftig beklatscht hatte. Doch als die Trennwand aufging, war ich schockiert. Ich schaute erst nach oben und dann nach unten, und da stand er. In seiner Lederhose, mit Trachtenhemd und Sepplhut. Ich mußte ganz spontan fürchterlich lachen, denn er sah aus wie eine Witzfigur.«

Und Hansi? Er nimmt sie einfach in beide Arme und drückt sie ganz fest an sich. »Ja schon, gfalln hat sie mir auf den ersten Blick.«

Am nächsten Tag ist Kaiserwetter in ganz Bayern. Strahlend blauer Himmel, prächtige, schneeweiße Quellwolken, Temperaturen um die 30 Grad. Ideales Flugwetter. Der nicht ganz einstündige Helikopter-Flug ins nördlich von München gelegene Altmühltal wird zum einmaligen Erlebnis.

ER SAH AUS WIE EINE WITZFIGUR

Der Empfang nach der Landung ist herzlich. Mit einem üppig gefüllten Picknickkorb im Planwagen bricht das junge Paar zu einer dreistündigen Fahrt durch das malerische Altmühltal auf. Barbara ist beeindruckt von der Geschicklichkeit, mit der Hansi die beiden Pferde zügelt, und die Welt könnte ganz in Ordnung sein, »wenn er bloß nicht diese blöden Lederhosen anhätte«. Hansi versteht etwas von Pferden und läßt dieses Wissen ganz böse heraushängen. Barbara findet das ausgesprochen blöd. So schweigen sie sich gegenseitig an und hängen ihren eigenen Gedanken nach. Für Hansi ist sie so »rein äußerlich« ja ganz in Ordnung, wenn sie nur nicht so zurückhaltend wäre. Barbara amüsiert sich köstlich, als Hansi endlich anfängt zu reden und von seiner Unwiderstehlichkeit gegenüber hübschen, attraktiven Frauen prahlt. »So sieht er aus, als ob er jedes Fotomodell haben könnte!«, denkt sie bei sich und rückt ein bißchen von ihm ab. Hansi hätte sich um ein Haar um Kopf und Kragen geredet, hätte er nicht plötzlich festgestellt, daß das linke Pferd lahmt. Sofort bringt er das Gespann zum Stehen und untersucht fachmännisch den Hinterhuf. Doch kaum hat er das Pferdebein zwischen seine eigenen Beine geklemmt, beißt ihn dieses hinterhältige Viech in den Hintern. Barbara muß sich wieder »ausschütten« vor Lachen, Tränen kullern über ihre Wangen. Hansi ist stinksauer. Nicht nur wegen dieser blamablen Situation, sondern weil der Pferdebiß auch nicht unerheblich schmerzt. Barbara kann sich vor Lachen nicht einkriegen, Hansi weiß nicht mehr, wie er sitzen soll. Innerlich kocht er. »Ein bißchen Anteilnahme von ihrer Seite könnt' jetzt auch nicht schaden«, denkt er bei sich und treibt die Pferde zu einer schnelleren Gangart an. Barbara ist zu sehr Frau, als daß sie diese Verstimmung nicht richtig deutet. Zärtlich legt sie ihren Arm um seine Schulter und haucht ihm einen Kuß auf die Wange. Hansi, Draufgänger mit Leidenschaft, reagiert spontan. Er packt sie mit der linken Hand um die Hüfte und setzt ihr einen schmatzenden Kuß mitten auf die Lippen. Barbara ist völlig verwirrt. Mitunter steht das Schicksal in Bruchteilen von Sekunden auf dem Spiel. Hansi, Naturbursch' aus Überzeugung, tut genau das Richtige. Er drückt sie fester an sich, und dann öffnen sich ihre Lippen, und ihr erster Kuß scheint beide von dieser Welt zu entrücken. Als beide, zufrieden und glücklich, wieder die Augen öffnen, haben sie sich mit ihrem Planwagen total verfahren. Mit über zwei Stunden Verspätung erreicht das junge Glück den vereinbarten Zielpunkt.

Eine romantische Bootsfahrt auf einem kleinen See, gerade richtig für »Herzblätter«.

In einem eleganten, sehr geschmackvoll eingerichteten Restaurant, durch dessen hohe Fenster das Sonnenlicht flutet, tafeln beide zu Mittag. Der nachmittägliche Spaziergang durch die Altstadt wird zu einem einzigen Flirt. »Von der sicherlich schönen Stadt habe ich so gut wie nichts gesehen«, gibt Barbara unumwunden zu. Hansi grinst. Am späten Nachmittag mieten sie ein Ruderboot, und Hansi legt sich mächtig ins Zeug. Draußen auf dem kleinen See, abseits von all den neugierigen Blicken, sind sie endlich wieder allein für sich. Barbara hat sich längst damit abgefunden, daß die Lederhosen zu ihrem Hansi gehören wie sein bayrischer Dialekt. »Ich bin auch zu klug, um ihn umzukrempeln. Er ist so wie er ist, und jetzt gefällt er mir auch ganz gut.« Auch Hansi hat sich verändert. »Barbara ist eine kluge Frau, die sich kein X für ein U vormachen läßt.« Als die Sonne hinter den Hängen des Altmühltals untergeht, sitzt das junge Paar Arm in Arm auf der Ruderbank und läßt die Seelen baumeln. »Das war, glaube ich, die romantischste Stunde in meinem ganzen Leben«, schwärmt Barbara, und die schneller errötenden Wangen beweisen, daß sie sich ein bißchen geniert, so ehrlich über ihre Gefühle zu sprechen. Hansi hat in diesen Minuten eine schnelle Entscheidung getroffen. »Die oder keine.«

Nach Sonnenuntergang ist es Zeit für den Rückflug. Im Halbdunkel der Hubschrauber-Kabine geschützt, über sich den funkelnden Sternenhimmel, unter sich die Lichterkette der heimkehrenden Tagesausflügler auf der Autobahn, nimmt Hansi all seinen Mut zusammen und flüstert seiner Barbara ins Ohr »du bist einfach toll«. Barbara drückt zustimmend seine Hand, schmiegt ihren blonden Wuschelkopf an seine Schulter und träumt weiter, bis zur Landung in München, vor sich hin.

ELISABETH+ERNST MIT HERZB

TT IN GRÖNENBACH

Natürlich erreicht man den Kneippkurort Grönenbach am einfachsten über die Bahnstation des Marktes an der Linie Ulm–Memmingen–Kempten oder über die Autobahn-Anschlußstelle der Autobahn Ulm–Kempten. Wer aber mit dem eigenen Wagen unterwegs ist, sollte sich die Freude machen, in Grönenbach »stilgerecht« anzukommen. Dazu muß man sich auf der Landkarte nur den (sehr schönen und sehr ruhigen) Weg über den Markt Legau, westlich der Iller gelegen, suchen. Und schon fährt man durch grünes (oder im Frühling löwenzahngelbes) Weideland, gelangt am Ende über die Iller nach Grönenbach, wo man fürstlich vom hochaufragenden Schloß begrüßt wird, das in diesem Anreise-Fall als erstes größeres Gebäude sichtbar wird.

Geschichte von der Schulhauswand lesen

Unser »Herzblatt-Paar« findet Quartier in einem jener behäbigen, grundsoliden Gasthöfe, für die das Allgäu und vor allem Grönenbach berühmt ist, schenkt sich vom kaltgestellten Sekt gleich ein oder macht sich doch erst einmal zu einem Rundgang durch den Markt auf. Der Weg zum Schulhaus an der Ziegelberger Straße ist zwar etwas weit, doch könnte man dort von der Giebelwand die aufgemalte Grönenbacher Ortsgeschichte ablesen. Die zwei

IN DAS ILLER-PARADIES NACH GRÖNENBACH

wichtigsten Namen findet man freilich auch in der spätgotischen Stiftskirche St. Philipp und Jakob. Unter den Adels-Epitaphien in diesem Gotteshaus sind zwei kunsthistorisch besonders wertvoll: das für Ludwig von Rothenstein (gest. 1482) und das für den Marschall Alexander von Pappenheim (gest. 1511). Und die Rothenstein haben das Grönenbacher Schloß an der heutigen Stelle begründet, ihre Nachfolger, die Herren von Pappenheim (ihr Stammsitz ist im Altmühltal), haben es ausgebaut, die reichen Fugger machten es ab 1612 wohnlich, und 1695 erhob es der Fürstabt von Kempten (und diese Stadt gehört mit Memmingen zu den lohnenden Nahausflugszielen von Grönenbach) zu seinem Sommersitz.

Kutschenfahrt in die Eiszeit

Das wird ein gemütlicher Empfangsabend im »Herzblatt-Gasthof«! Da kann unser Paar auch erfahren, daß Pfarrer Sebastian Kneipp in Grönenbach bei einem ihm verwandten menschenfreundlichen Kaplan mit 21 Jahren endlich beginnen durfte, Latein zu lernen, wenn er auch nebenher noch als Bauernknecht im Ort gearbeitet hat. Am anderen Morgen steht eine Kutsche bereit, zur Fahrt in die Eiszeit. Die Landschaft von Grönenbach ist ja ein Geschenk dieser erdgeschichtlichen Periode. Nirgends wird das klarer als im nahen Landschaftsschutzgebiet der »Illerschleife«, wohin die Fahrt führt. Da steht man staunend am Rand eines gewaltigen Prallhangs, den die Iller zur Eiszeit hinterlassen hat. Das ist Natur in ihrer Urgewalt.

Am Nachmittag geht es durch das liebliche Auf und Ab der Täler und Höhen des Unterallgäu hinüber zum Klostermarkt Ottobeuren. Machtvoll strebt die barocke Basilika in die Höhe. Ihre ganze Größe läßt sich erst im Innenraum erkennen. Fast erschrickt man über die Dimension dieses vielgegliederten Raumes.

Drei Orgeln hat diese Kirche, zwei historische und eine moderne. Um 16 Uhr ist Orgelkonzert. Daß so etwas so sehr beeindrucken kann, kann unser »Herzblatt-Paar« kaum glauben. Überhaupt diese uralte Abtei der gelehrten Benediktiner! Der Kaisersaal mit seinem reichen Figuren- und Bilderschmuck läßt ahnen, welche Repräsentationspflichten solche Klöster einst hatten. Es war ihnen ja auch zur Auflage gemacht, jederzeit ein würdiges Quartier für den Herrscher des »Heiligen Römischen Reiches Deutscher Nation« bereit zu halten. Und dazu gehörte eben auch so ein Saal.

Schwäbische Gaumenfreuden in badischer Fassung

Der Abend nach dem Ottobeurer Orgelkonzert bringt Gaumenfreuden besonderer Art. Zu Gast in der »Badischen Weinstube«, zu der die Allgäuer aus weitem Umkreis gerne fahren. Dort ist die »Schwäbische Küche« in ganz besonderer Weise vertreten, freilich nicht nur die. Da gibt es Suppen der verschiedensten Art, gekrönt von der höchst inhaltsreichen »Hochzeitssuppe«. Zum Braten reicht man keineswegs nur »Spätzle«, sondern auch »Knöpfle« oder »Nudle« und noch mancherlei aus Kartoffeln. Die »Herzblatt-Dame« muß vielleicht den »Herzblatt-Buben« ein wenig bremsen, daß er nach dem guten Essen die Weinkarte nicht zu ausgiebig erkundet. Aber vielleicht passiert es auch umgekehrt.

Ins Schwäbische Bauernhofmuseum

Am Sonntagmorgen, nach einem guten Frühstück, geht es wieder hinaus in die Natur. Ein Lehrpfad ist da. Die »Herzblatt-Dame« ist vielleicht mehr für das Ausprobieren der örtlichen Kneipp-Kur. Also auf zum Wassertreten in den gepflegten Kurpark! Ja, und was jetzt noch tun? Ganz einfach: auf dem Programm steht ein Besuch im ältesten Freilichtmuseum Bayerns, dem Schwäbischen Bauernhofmuseum im nahen Illerbeuren. Der Weg hinüber hat zwei prachtvolle Zwischenstationen: das Bergschloß Kronburg und die barocke Wallfahrtskirche zu Maria Steinbach, die nach ihrer 1990 abgeschlossenen Restaurierung für manchen sachkundigen Besucher der weltberühmten »Wieskirche« bei Steingaden ebenbürtig ist.

Das Bauerhofmuseum in Illerbeuren mit seinen verschiedenen Höfen und Häusern gibt unserem »Herzblatt-Paar« viele Einblicke ins ländliche Leben. Und was das schönste ist: im Museumswirtshaus »Gromerhof« können »Herzblätter« noch einmal die »schwäbische Küche« genießen.

Anreise
Mit der Bahn bis Grönenbach. Mit dem Auto auf der A7, Ausfahrt Grönenbach.

Ortsambiente
Der Kneippkurort Grönenbach ist ein Marktflecken im bayerischen Allgäu, unweit der ehemaligen Reichsstadt Memmingen. Durch seine waldreiche Lage, umgeben von zwei riesigen Landschaftsschutzgebieten, ist Grönenbach ein Paradies für Natur- und Wanderfreunde.

Historie
Das »Hohe Schloß« ist eine mittelalterliche Burg aus dem 13. Jahrhundert. Der ehemalige Sitz der Fugger und der Grafen von Pappenheim ist heute von Schwestern der St. Josefskongregation bewohnt und kann besichtigt werden. In der im 11. Jahrhundert erbauten Stiftskirche sind bemerkenswerte Rittergrabsteine der Edlen von Rothenstein und Ritter von Pappenheim zu sehen. Seit 1954 ist Grönenbach Kneippkurort.

Unterkunft
Herzblatt-Auswahl
Kurhotel Allgäuer Tor
Sebastian-Kneipp-Allee
8944 Grönenbach
Telefon: 0 83 34/60 80
Ü/F DM 132,- bis DM 245,-
Gasthof zur Post
Marktstraße 10
8944 Grönenbach
Telefon: 0 83 34/2 06
Ü/F DM 27,50 bis DM 40,-

Hotel Renate
Ziegelberger Straße 1
8944 Grönenbach
Telefon: 0 83 34/10 12 oder 13 67
Ü/F DM 60,- bis DM 85,-

Essen und Trinken
Herzblatt-Auswahl
Gourmet-Restaurant
Allgäuer Tor (Top Adresse)
Sebastian-Kneipp-Allee
8944 Grönenbach
Telefon: 0 83 34/60 80
Forsthaus (Rustikal)
Niederholz 2
8944 Grönenbach-Ittelsburg
Telefon: 0 83 34/15 30 o. 18 30

Termine
Nach dem Kirchweihsonntag und am Pfingstsonntag ist Markt. Mai bis Oktober sonntags Kurkonzerte. Ganzjährig ist donnerstags Kurtanz.

Einkaufen
Grönenbacher Trachten und Schnitzereien: Bunte Truhe, Memminger Straße 2
Kulinarische Spezialitäten: Badische Weinstube, Marktplatz 8

Weitere Infos
Kurverwaltung
Marktplatz 1
8944 Grönenbach
Telefon: 0 83 34/77 11

Herzblatt special – Grönenbach
Herzblatt-Reisende übernachten im Hotel-Gasthof Zur Post in Grönenbach.
Im Herzblatt special sind folgende Leistungen enthalten: Begrüßungscocktail, eine Flasche Sekt im Zimmer, zwei Übernachtungen (Freitag/Samstag und Samstag/Sonntag) mit Frühstück, ein Dinner im Gasthof Zur Post, ein Abendessen in der Badischen Weinstube, Herzblatt-Souvenir.
Herzblatt-Preis:
DM 160,– pro Person
Anmeldung:
Kurverwaltung
Marktplatz 1
8944 Grönenbach
Telefon: 0 83 34/77 11

Herzblatt-Unternehmungstips
Kutschenfahrt zum Landschaftsschutzgebiet Illerschleife.
Ausflug nach Ottobeuren zum Nachmittagskonzert.
Wanderung auf dem Naturlehrpfad.
Besuch des Bauernhofmuseums Illerbeuren.
Kosmetikstudio.

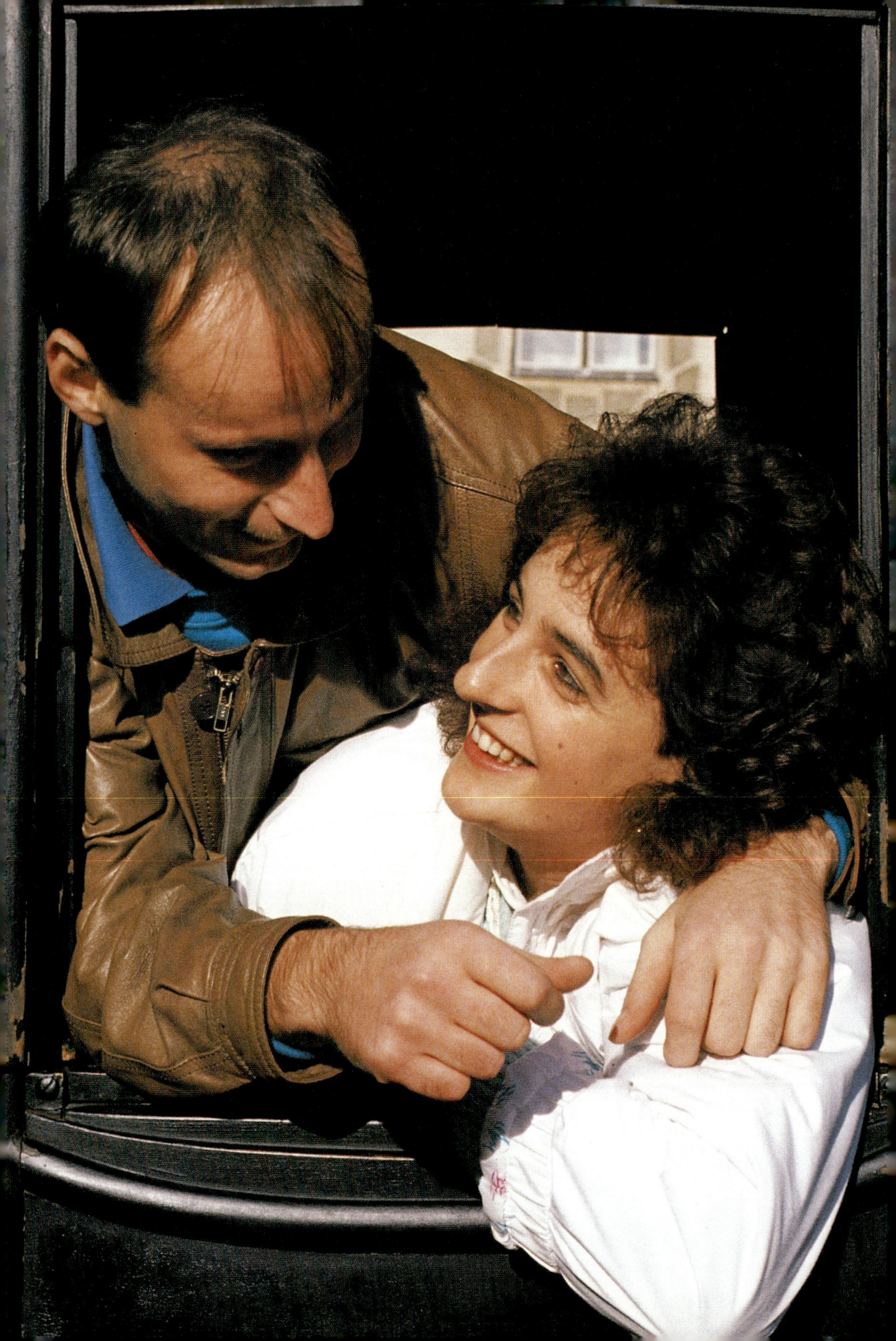

Für Elisabeth ist die Wahl keine Qual. Und da sie auch »nichts hat«, gegen Österreicher ist ganz klar, ihr Herzblatt heißt Ernst. Der ist von ihrer Stimme so angetan, daß er sich zu poetischen Schwärmereien hinreißen läßt. »Wie die angefangen hat zu reden, das war wie ein Frühling, der in ein eiskaltes Zimmer reinkommt.« Elisabeth erwartet keinen Traumtypen, sondern »mei, was da steht, steht da. G'nomma wird, was kommt!«

Ernst gefällt die Lisa »irrsinnig gut, das war traumhaft«. Für die Lisa eher traumatisch. »Also mir gefallen ja ganz gut Männer, die wo eine Statur haben. Die wo einfach irgendwie was hermachen.« Und da stand er, »kein Rambo-Typ, sondern halt eher ein bißchen windig. Ein Strich in der Landschaft mit wenig Haar auf dem Kopf.« Der herbe Charme einer bayerischen Komödienstadl-Aufführung umweht die Geschichte von Anfang bis Ende.

Mistwetter am Abflugstag. Man diskutiert, ob man nicht lieber auf ein Auto umsteigen soll. Der Ernst ist dafür, »nix da«, sagt die Lisa, »g'flogn wird«. Dem Ernst ist es auch recht. Er hat sich in ihre Augen verguckt, findet ihre Zahnlücke »irrsinnig lieb« und kann sich nicht sattsehen, »wenn's beim Lachen die Zähn so vorfährt«. Lisa hat andere Gedanken. »Den muß man in der Mitte wie eine Tomat'n aufbinden, sonst bricht der in der Mitt'n ab, wenn ein Sturm geht.« Ernst hofft, daß er ihr an und für sich schon gefalle, fragen traut er sich nicht. »Mit einer g'scheiten bayerischen Kost würde er vielleicht auch mehr werden, staturgemäß. Es kommt halt drauf an, wie er reinhaut«, ist sich Lisa sicher.

Bei der Landung in Grönenbach werden die »herzigen Blätter« vom Bürgermeister und Kurdirektor empfangen. Nach einem Begrüßungs-Cocktail zuckeln sie mit einer geschlossenen vierspännigen Kutsche durch den Kneippkurort. Und weil die Elisabeth einen weißen Anorak trägt, laufen im Kuramt die Telefone heiß, welche Prominenz denn heute Hochzeit feiere. Im Sanatorium können sie unter den verschiedenen Kneippanwendungen auswählen. Lisa hat in der Kutsche kalte Füße bekommen und entscheidet sich folgerichtig für Fußbäder. Ernst ziert sich fürchterlich. Er entscheidet sich für Armgüsse, zieht aber sein Hemd nicht aus. Lisa weiß, warum, »weil die Haar, die wo ihm oben fehlen, die hat er auf der Brust, hat er mir schon in der Kutsch'n erzählt«. Weil er die aus lauter G'schamigkeit nicht zeigt, zieht sie über ihren Badeanzug einen Pullover. Der Ernst hätte gerne mehr gesehen, »den Oberkörper, oder Lisa im Ganzbad, das wäre schon eine G'schicht gewesen«.

SIE IST EIN BAYERISCHER FELSEN

»Sonst noch was«, schnaubt die Lisa, »ich bin schon ein bißchen zu schwer. Von der Größe her nicht, aber haha, da ist einfach die Oberweit'n ein bißchen zu extrem und hinten ein bißchen zu extrem, und überhaupt, die Idealfigur hab' ich jedenfalls nicht.«

Nach einem Besuch auf dem Schloß marschieren sie zu Fuß in das Restaurant »Badische Weinstub'n«. Lisa vorweg, Ernst hat Mühe, zu folgen, »sie bewegt sich einfach zu schnell«. Im Restaurant haben sie sich »brutal Mühe« gegeben, lobt Lisa anerkennend. Nur der Ernst macht ihr jetzt zu schaffen. »Er geht nicht nur zu langsam, er ißt auch langsam. Und dann die Manieren. Seinen Orangensaft schlürft er rein wie eine Gulaschsuppe.« Sie kaut schon herzhaft an ihrem Rumpsteak, da hat er noch nicht einmal den halben Salatteller aufgegessen. Ernst fragt sich, »ob die Lisa so einen Hunger hat, daß sie so gewaltig frißt?«

»Vom Essen bekommt man einen Schmalz«, klärt ihn Lisa auf und nagelt ihn ein ums andere Mal beim Armdrücken auf die Tischplatte. »Sie ist ein richtiger bayerischer Felsen«, schwärmt Ernst und hat für Stunden ein Gesprächsthema, als er erfährt, daß die Lisa, wie auch er, Bauerntheater spielt. Der Malkurs war der Elisabeth ein bissl fad, dem Ernst hat er »taugt, weil ich ein großer Romantiker bin. Ich setz' mich auf'd Nacht oft hin, wenn die Sonne untergeht, beobachte das ein bißchen und dann denke ich nach, in nächster Zeit wahrscheinlich über Lisa. Sie ist ein Mensch, der was mir sehr liegt.« Und ihr entfährt ein »Sakradi«, nicht mehr, aber auch nicht weniger.

MARTINA+FRANZ MIT HERZBLA

T IN FURTH IM WALD

Als ich nach Cham kam, war der Zug nach Furth furt«. Solche Schwierigkeiten bei der Anreise in das Gebiet von Cham und Furth i. Wald hat unser »Herzblatt-Paar« natürlich nicht. Schnell kommt man per Bahn auf die Strecke hin, die zur »Goldenen Stadt« Prag weiterführt, und an gut ausgebauten Straßen fehlt es auch nicht.

Furth i. Wald liegt im Landkreis Cham. Und der ist der »Naturpark Oberer Bayerischer Wald«, fast 1500 Quadratkilometer groß. »Herzblatt-Dame« und »Herzblatt-Bub« avancieren hier zu Königin und König; denn ein gut gemachter Prospekt dieses Naturparks wendet sich »an alle Könige namens Gast« und schwärmt ganz schön: »Unser Naturpark ist erhaltene und behütete Landschaft, erhalten und behütet für Mensch, Tier und Pflanze, Landschaft zum Sporteln in allen Jahreszeiten, zum Ausrasten, stillen Schauen, innerlichem Freuen, Ferienlandschaft, zum Malen schön.« Und das sind keineswegs »Sprüche«. Rund um Furth i. Wald breitet sich eine herrliche Landschaft aus. Hügel mit Wiesen und Feldern, waldige Grenzberge gegen das Böhmerland und mitten darin der lange Rücken des Hohen Bogen.

Stadtbummel mit Glockenspiel und »Bärwurz«

Weil die Geschäfte noch geöffnet haben und weil die »Herzblatt-Dame« gleich einmal sehen will, was dieses Furth i. Wald denn ist, bleibt der Korken in der kaltgestellten Sektflasche, und aus dem stilvoll eingerichteten Hotel in der Stadtmitte geht es hinaus zum Stadtbummel, »Sie« findet da manches, was sich zum Mitbringen

ZUM FEUER-SPEIENDEN DRACHEN VON FURTH IM WALD

eignet, »Er« findet - ausgerechnet in der Herrenstraße - ein Schild mit der Aufschrift »Bärwurzerei«. Sie geht ahnungslos mit, vermutend, daß es hier seltene Wurzeln gäbe. Gibt es auch. Nur kann man sie trinken, weil es sich um die destillierten Wurzeln der seltenen Bayerwald-Pflanze »Bärwurz« handelt, die auf den Bergwiesen wächst.

Nach dem ausgiebigen Abendessen - gekocht von den Söhnen des Hauses - gibt der »Herzblatt-Bub« gern zu, daß so ein »Bärwurz« nach einem reichlichen Essen noch viel besser paßt. Der Abendspaziergang führt das »Herzblatt-Paar« zum Schloßplatz hinauf. Am Erker des Amtsgerichts gibt es ein Glockenspiel. Das erklingt aber nur um 11 und 18 Uhr. Also zu spät. Dafür ist der Nachtwächter schon da. Er steht auf dem Brunnen in der Platzmitte, unter vier Lindenbäumen. Schön. Die zwei erfahren, daß Glockenspiel und Nachtwächterbrunnen Geschenke des »Heimatkreises Bischofteinitz« sind, einer Gruppe von Heimatvertriebenen aus dem Sudetenland. Nette Leute müssen das sein.

Städtchen an einer uralten Völkerstraße

Schön ist der Abend im gemütlichen Kaminstüberl des Hotels. Einheimische sind auch dort. In Stadtgeschichte sind sie firm. Von der Lage des Grenzstädtchens an der

»Further Senke« erzählen sie, durch die schon in vorgeschichtlicher Zeit ganze Völker von Böhmen nach Bayern gezogen sind, auch von den Grafen von Bogen, die in einer Urkunde des Jahres 1082 auch den Ort Furth erwähnen. Ja, und schon 1332 habe Furth Stadtrechte gehabt. Die Lage an der Grenze zwischen Bayern und Böhmen habe freilich manche Schwierigkeit, ja manches Leid mit sich gebracht.

Am anderen Morgen will die »Herzblatt-Dame« hoch hinaus, nicht ganz hoch, aber immerhin zum Voithenberg hinauf, weil man dort eine so schöne Rundsicht haben soll. Und das stimmt auch. Da liegt sie nun also unter ihnen, die »Further Senke« und die freundliche Grenzstadt, bei der sich ein Flüßchen namens Kalte Pastritz mit dem Fluß Chamb vereint. Am Voithenberg entdeckt unser Paar einen Golfplatz. »Nur einmal einen einzigen Schlag probieren«, wünscht sich der »Herzblatt-Bub«. Der Wunsch läßt sich erfüllen. Kommentar der sonst gar nicht spöttischen und überhaupt nicht schadenfrohen »Herzblatt-Dame«:

»Du wolltest doch einen Golfball schlagen. Warum hast du dann vorher den Boden umgegraben?« Ach ja, diese Frauen!

Blick ins Land der »Künischen Freibauern«

Vom Voithenberg geht die Fahrt am späten Vormittag in den »Hohen-Bogen-Winkel«, wie sich die wunderschöne Wanderlandschaft um den langgestreckten Bergrücken des Hohen Bogen (1079 m) nennt. Im Markt Eschlkam erfährt unser »Herzblatt-Paar«, daß hier 1832 Maximilian Schmidt, genannt Waldschmidt, geboren ist, ein Mann, der den Bayerischen Wald in vielen Romanen geschildert hat und 1890 den Bayerischen Fremdenverkehrsverband gründete. Da schau her! In Neukirchen b. hl. Blut besichtigen sie die prachtvolle Wallfahrtskirche »Zum Heiligen Blut« und dann geht es hinauf zum Hohen Bogen. Gut, man hätte seinen ganzen, langen Rücken mit den zehn Gipfeln abwandern können. Aber mit der längsten Doppelsesselbahn des Bayerischen Waldes ist das Wandern halt doch leichter.

Droben wartet ein Berghaus mit Speis und Trank und mit einem Fernblick, hinaus ins Bayerische und hinein ins Böhmische. Dort, jenseits der Grenze, wohnten einst die »Künischen Freibauern«, stolze Leute, die hier rodeten und siedelten und dafür königliche Freiheiten erhalten hatten. Nahe beim Berghaus starten Drachenflieger in den Bayerwald-Himmel hinaus, drehen ihre Kreise über den dunklen Bäumen. Die »Herzblätter« steigen zu Fuß abwärts, doch auf halbem Weg setzen sie sich in einen Schlitten der Sommerrodelbahn und sausen lustig und fidel die 750 Meter und 16 Steilkurven hinunter. Wie schön müßte es hier auch im Winter sein! Dann geht es wieder heim. »Tafelspitz mit Böhmischen Knödeln« gibt es zur Hauptspeise am Abend. Köstlich.

Ein Drache mit 36 hydraulischen Zylindern

Furth i. Wald ist ja weltbekannt für seinen »Drachenstich«. Er ist das älteste deutsche Volksschauspiel, über 500 Jahre wird er schon aufgeführt. Um dabeizusein, müssen »Herzblätter« zwischen dem zweiten und dritten August-Sonntag kommen. Da können sie dann sehen , wie der Ritter Udo den Drachen mit einem gut gezielten Lanzenwurf tötet.

Immerhin läßt sich der Further Drache aber am Sonntag um 10 Uhr in seiner »Garage« besichtigen. Ein Monstrum ist er, 19 m lang, gut vier Meter breit und vier Meter hoch. Fünf Mann bedienen das neun Tonnen schwere Ungetüm. Die Bewegungsmechanik hat 36 hydraulische Zylinder. Diese Attraktion ist schon eine Reise wert.

Bis vor rund dreißig Jahren wurde in dieser Werkstatt noch gearbeitet. Heute ist es ein Museum.

Bretter mit Bildern und Schriften (rechts). Am Waldrand, am Kreuzweg. Totenbretter.

Anreise
Mit der Bahn bis Grenzstation Furth im Wald.
Mit dem Auto Autobahn-München-Deggendorf bis Ausfahrt Landau/Straubing, dann weiter auf der B 20 über Cham nach Furth im Wald oder BAB Nürnberg-Amberg, weiter auf der B 85 und B 20.
Mit dem Flugzeug bis München (200 km) oder Nürnberg (160 km).

Ortsambiente
Das alte Grenzstädtchen Furth im Wald liegt zwischen den Bayerwald-Bergen Gibacht und Hohenbogen, fernab vom Touristenrummel. Der Stadtplatz, die engen, winkeligen Gassen und die historischen Häuserzeilen lassen seine mittelalterliche Vergangenheit erahnen. Alljährlich, vom zweiten bis dritten Sonntag im August wird Furth im Wald zum Schauplatz des historischen Drachenstich-Festspiels. Aber auch Wanderer kommen auf ihre Kosten: ein gut markiertes Wegenetz erstreckt sich über etwa 200 Kilometer. Auch Tagesausflüge in die Goldene Stadt, nach Prag, bieten sich von Furth im Wald aus an.

Historie
Furth im Wald, erstmals in einer Schenkung der Grafen von Bogen im Jahre 1086 urkundlich erwähnt, wurde bereits 1332 zur Stadt erhoben. Als befestigte Grenzstadt war sie in ihrer langen Geschichte oft »Spielball« der Mächtigen. Freund und Feind zogen durch das uralte Landestor bei Furth im Wald und nahmen dabei auf die Interessen der Bewohner wenig Rücksicht. Erst Mitte des 19. Jahrhunderts brachte die Errichtung der bayerischen Ostbahn zwischen Nürnberg und Prag wirtschaftlichen Aufschwung. Der zweite Weltkrieg und die anschließende Wiedereröffnung (1964) des Straßenübergangs zur CSFR sowie die Wirtschaftsbeziehungen zu den Ländern Osteuropas schufen neue Möglichkeiten.

Unterkunft
Herzblatt-Auswahl
Hotel Hohenbogen
Bahnhofstraße 25
8492 Furth im Wald
Telefon: 0 99 73/15 09
oder 15 10
HP/P DM 48,– bis DM 68,–
Gasthof Einödhof
Haberseigen 1-2
8492 Furth im Wald
Telefon: 0 99 73/38 23
HP/P DM 40,– bis DM 48,–
Gaststätte zur Waldesruh
Kühberg 14
8492 Furth im Wald
Telefon: 0 99 73/10 83
HP/P DM 34,– bis DM 40,–

Essen und Trinken
Herzblatt-Auswahl
Gasthaus Voithenberghütte
(Rustikal)
8492 Furth im Wald-Voithenberg
Telefon: 0 99 73/42 66
Gasthaus zum Steinbruchsee
8492 Furth im Wald-Sengenbühl
Telefon: 0 99 73/6 09

Termine
Ostermontag Pferdeprozession »Leonhardi-Ritt«.
Zweiter bis dritter Sonntag im August Deutschlands ältestes Volksschauspiel »Drachenstich«.

Einkaufen
Antiquitäten Antik Laden,
Pfarrstraße 8
Sport-Mode Schromm GmbH, Pfarrstraße 9
Glaswaren H. Kreipl,
Lorenz-Zierl-Straße 9

Weitere Infos
Fremdenverkehrsamt
Schloßplatz 1
8492 Furth im Wald
Telefon: 0 99 73/38 13

Herzblatt special – Furth im Wald
Herzblatt-Reisende übernachten im Hotel Hohenbogen in Furth i. Wald.
Im Herzblatt special sind folgende Leistungen enthalten: Begrüßungscocktail, Sekt im Zimmer, zwei Übernachtungen (Freitag/Samstag und Samstag/Sonntag) in einer Suite mit Frühstück, zwei Abendessen, Herzblatt-Souvenir.
Herzblatt-Preis:
DM 179,– pro Person
Anmeldung: Fremdenverkehrsamt,
Schloßplatz 1,
8492 Furth im Wald,
Telefon: 0 99 73/38 13

Herzblatt-Unternehmungstips
Ausflug zu den Glashütten im »Wald«.
Bootswanderung auf dem Regen.
Wanderung im böhmisch-bayerischen Grenzwald.
Ausflug in den nahen Böhmerwald oder zur »Goldenen Stadt«, nach Prag.
Besuch des berühmten Further Drachen.

CHA 0645

Es gibt bei »Herzblatt« manchmal auch platte Dialoge, wo aufgesetzter Witz zum Krampf wird. Als Martina und Franz aneinandergeraten, geht es spritzig, witzig, Schlag auf Schlag. Einer der schönsten Herzblattdialoge. Schon vergessen?

Martina: »Ich werde bei jeder Gelegenheit sofort rot. In welcher Situation wechselst du die Farbe?«

Franz: »Eigentlich nur, wenn i z'vui drunga hob'. Dann werd' i blau.«

Martina: »Stell dir vor, du bist auf einer Party der einzige Mann unter 15 Frauen. Was müßte ich tun, damit du die anderen vergißt?«

Franz: »Eigentlich gor nix – denn du bist Österreicherin, und i mog Exoten.«

Martina: »Was hast du mit Don Johnson gemeinsam?«

Franz: »'S Rasierwasser.«

Franz ist angenehm überrascht. Martina findet, »meinem Traummann sieht er schon sehr ähnlich«. Ein vielversprechender Start, wie auch Franz bestätigt, »weil ich den Funken beim Überspringen gespürt hab«. Vorm Fliegen haben beide »einen rechten Bammel«. Und Martina berichtet, der Franz habe die ganze Zeit die Augen irgendwie weit aufgerissen und kaum was gesagt. Als der Helikopter vor den Toren von Furth gelandet ist, sagt er doch als erstes, regt sie sich auf, »ich brauch eine halbe Bier«. Statt daß er gesagt hätte, der Flug war aufregend oder so. Nein, er möcht' jetzt eine halbe Bier. Er ist halt ein Bayer, unser Landschaftsgärtner. In dem Rolls-Royce, der sie durch die Stadt fährt, winken beide wie Staatsoberhäupter aus dem Fenster, daß die Leute auf den Straßen stehenbleiben. Franz brüllt ständig »Halleluja«. Und Martina hat vom vielen Lachen Seitenstechen. Der Bürgermeister empfängt das »junge Glück« im Rathaus und verleiht seiner Hoffnung Ausdruck, daß, wenn, in Furth geheiratet wird. Franz sagt Halleluja, und beide versprechen es, »wenn's was wird mit uns zwei«.

Seit 500 Jahren wird in Furth der »Drachenstich«, ein blutrünstiges Sagenspektakel aufgeführt. Das Monstrum von einem Drachen müssen die zwei natürlich anschauen. Martina legt sich in das Drachenmaul, und schon stürmt Franz in voller Rüstung zur Befreiung heran »und stochert mit seinem Schwert umanand«, nix als Blödsinn im Kopf. Auf dem Golfplatz fliegt die Grasnabe, und der Ball ruht unbeweglich. »Um ein Haar hätte ich den Ball getroffen«, flucht Martina und kann das Lachen kaum unterdrükken, »aber kurz bevor i triff«, sagt der Franz Halleluja. Aus war's. Franz hat vom Golf auch keine Ahnung. Ihn schafft der Trainer, den die Further eigens für die zwei ab-

Wie Staatsoberhäupter haben sich Martina und Franz im Rolls-Royce gefühlt. Allerdings ein Service, der nicht jedermann geboten wird. Auch nach einer kräftigen Kost auf einer Bauernhütte haben die »Herzblätter« keine Zeit zum Schlafen. Sie müssen weiter…

DIE DISTEL IN DES GÄRTNERS HAND

gestellt haben. Er ist Ire, »hat so fuchserte Haar wie die Martina« und sagt immer »Augen to the Balli«. Franz fällt der Schläger aus der Hand. »Augen to the Balli, des ist brutaler«, stöhnt er unter Lachanfällen, »als mein Halleluja«.

Mittagessen in einer urigen Bauernhütte, der Wirt spielt auf einer Ziehharmonika, die Kost ist kräftig, macht faul. »Also, wenn du eine Blume wärst«, eröffnet Franz auf dem Verdauungsspaziergang den nachdenklichen Teil des Ausflugs »dann wärst du eine Distel«. Und bevor sie aufbrausen kann gesteht er ihr, »das ist meine Lieblingsblume«. Na gut, damit kann man leben. »Um ein Haar hätten wir vor lauter Blödelei vergessen, uns ein bißchen näher kennenzulernen«, denkt sich die Martina und macht sich ernsthafte Gedanken. Sie befürchtet, der Franz sei so ein Typ, auf den viele Mädchen stehen, »auf solche Typen bin ich jetzt schon des öfteren reingefallen, und mir reicht's«. Völlig unbegründet. Der Franz hat längst gespannt, daß sich die Martina in ihn verliebt hat. Nur komisch, daß sie selbst nichts davon merkt.

»Also«, sagt er zu sich selbst, »gut, ich bediene nebenbei als Kellner und mach' mit jeder a Gaudi. Aber wenn ich so eine hätte wie die Martina, die wo mir dann paßt, dann wär ich der absolut treueste Mann. Tät ich keine andere mehr anschauen.«

Kein Schläger war dabei, mit dem die beiden einen Golfball getroffen hätten ...
... also gingen sie lieber spazieren.

Ganz leise fügt er hinzu, »wenn sie dabei wär'«. Voraussetzung sind allerdings ein paar klitzekleine Korrekturen, denn eigentlich steht er nicht auf rot. »Die Haar müßt's schon blond einifärben.« Wer lieben will, muß leiden, sagt der Volksmund seit ewigen Zeiten. »Und dann tät ich's 14 Tage ins Sonnenstudio einilegen, daß sie a bissl a Farb kriegen tät', weil so is mir zu kasig.« Martina hat von seinen Gestaltungswünschen keine Ahnung und lädt ihn zum Skifahren ein.

»Vielleicht haben wir vor lauter Lachen und Rumblödeln gar nicht gemerkt, daß wir uns verliebt haben.« Das taugt dem Franz. Denn wenn er ganz ehrlich ist, dann steht er auf die Martina, »sie is a ganz nettes Dearndl, net zwider«. Hoffentlich hält der Herr Bürgermeister Wort und traut die zwei kostenlos.

MARIA + DEMIR MIT HERZBLATT

N WEYREGG AM ATTERSEE

P

Das klingt schon alles so wunderschön nach Urlaub, süßem Nichtstun, genußreicher Erholung oder fröhlicher, keinen ernsthaften Zweck verfolgender Betätigung: Oberösterreich, Salzkammergut, Attersee. Stilvoll (und an heißen Sommerwochenenden auch besonders ratsam) ist es, nach Weyregg am Attersee mit der Bahn anzureisen, auch wenn es per Auto auf der Autobahn München–Salzburg–Wien so einfach ist und man nur an der Ausfahrt Seewalchen heraus muß, um fast schon da zu sein. Aber ein echter Genießer wird seine Weyregg-Vorfreude eben schon feiern, wenn er mit dem Zug über Salzburg weiter bis zur Station Attnang-Puchheim fährt, um dort in die lustige Lokalbahn umzusteigen, die ihn ans Nordufer des Attersees bringt, nach Kammer-Schörfling.

Unsere zwei »Herzblätter« werden diese höchst romantische Anreise wählen, und wenn sie am frühen Abend eines schönwettrigen Tages in Kammer-Schörfling (Endstation) aus dem Zug steigen, werden sie dort auch nicht den Bus nach Weyregg nehmen, sondern sich - wiederum höchst stilgerecht - einschiffen. Sie werden gleich einmal nicht wenig staunen, wie groß dieser Attersee ist. Die Breite ist ja absolut überschaubar (was den See so gemütlich macht), doch die Länge, die nimmt kein Ende. Nun ja, es handelt sich ja schließlich um den größten, ausschließlich in Österreich gelegenen See.

Ein fröhliches Empfangskomitee

Landung in Weyregg. Da ist dann gleich die »Riviera«. Das ist die Strandbar. Und da sieht man gleich auf einen Blick, wo man angekommen ist: bei Leuten, die es erfolgreich darauf abgesehen haben, ihre freien Stunden in ungezwungener Heiterkeit zu verbringen. Und weil die Menschen an dieser Feiluft-Bar gar so freundlich herüberschauen zu den Ankömmlingen, stellen sich unsere zwei »Herzblätter« gleich dazu und genehmigen sich einen Begrüßungs-Drink. Da spürt man mit jedem Schluck wie die Kurzurlaubsstimmung immer mehr von einem Besitz ergreift. Aber dann müssen die Koffer doch erst einmal ins Hotel, und dort ist alles genau so, wie es sich Genießer vorstellen.

Es sieht so aus, als sollte der Abend nicht leicht werden. Da ist allerhand zu tun für unsere zwei: Begrüßungs-Cocktail (im Zimmer steht außerdem der eisgekühlte Sekt) und dann vier Gänge »Herzblatt-Dinner«. Gott segne alle österreichischen Köchinnen und Köche und lasse ihren Einfallsreichtum nie und nimmer versiegen! Doch jetzt treibt es unsere zwei »Herzblätter«

WEYREGG UNBESCHWERTE TAGE AM ATTERSEE

zum Abendspaziergang am See. Und da trifft man keinen, der grantig dreinschaut. Ein Ufer des heiteren Lebens.

Machen wir's den Römern nach

Daß der Attersee Ufer fürs Genießen hat, das haben schon die alten Römer erkannt. Gab es schon zur Jungsteinzeit die größte Seeufersiedlung Österreichs am Weyregger Ufer (in Pfahlbauweise), so ließen sich die Römer – abseits jeglicher größerer Heerstraße – an dieser Stelle luxuriöse Villen bauen. Von der Pracht dieser Häuser wird unser »Herzblatt-Paar« eine Vorstellung bekommen, wenn es am anderen Tag in der Volksschule eines jener Fußboden-Mosaike bewundert, das 1867 ausgegraben wurde. Was nur das herzförmige Efeublatt in diesem Mosaik bedeuten soll? Ein römisches Glückssymbol. Es findet sich im Gemeindewappen von Weyregg wieder. Darum sind hier die Leute alle so glücklich!

Sport und Feste sind Trumpf

Was könnten unsere »Herzblätter« am anderen Tag nicht alles machen! Sport und Feste sind am Attersee Trumpf. Kaum ein Wochenende, an dem sich nicht ein Fest ereignet oder wenigstens ein Wettbewerb stattfindet. Aber da ist kein Stichzwang bei diesem sportlichen und festlichen Trumpf-Spiel. Und so müssen unsere zwei »Herzblätter« zum Beispiel nicht am Golf schnuppern, nicht einen Paragleiter ausprobieren, nicht mit dem Mountaik-Bike eine Tour in den Landschaftspark Hongar-Höllengebirge unternehmen. Sie werden einfach einen ganzen Tag lang herumschlendern, auch bergauf. Na ja, weil dort oben auf grünen Hügeln erstens der Blick auf den Attersee enorm ist und weil sowohl auf dem Gahberg als auch auf dem Wachtberg keine schlechten Gastronomen leben. Beim leichten Wandern auf dem Wachtbergweg kommen unsere »Herzblätter« dann auch zur »Bruckbacher Hoarstubn«. Da wurde noch bis 1920 der Flachs geröstet, gebrochen, geschwungen und gehechelt, ehe er dann in der Rockenstube von fleißigen Frauenhänden zu Garn gesponnen wurde. Da ist die »Herzblatt-Dame« froh, daß sie nicht mehr am Spinnrad sitzen muß.

Frühschoppen mit der Attersee-Marine

Die Attersee-Schifffahrt – der Dampfschiffsverkehr wurde schon 1868 aufgenommen – ist für vieles gut. Erstens ist sie ein wichtiges regionales Verkehrsmittel, zweitens gibt es »Wandern mit der Atterseeschiffahrt«, wobei die Wanderwege zwischen den Anlegestellen bestens markiert sind, und drittens gibt es Abendfahrten (natürlich wie-

»Im Salzkammergut da kann ma gut lustig sein«... Weyregg mit dem Schafberg im Hintergrund.

derum nur mit heiteren Menschen) und sogar »Frühschoppen-Schiffe«. Ein solches sollten »Herzblatt-Dame« und »Herzblatt-Bub« am Sonntagmorgen besteigen (nicht am frühen Morgen, erst wird ausgeschlafen und ausgiebig gefrühstückt) und über die Reeling hinweg die Weyregger Umgebung kennenlernen. Und wie sie so vor einer Landkarte des Attersees stehen (und sich eigentlich schon dazu entschlossen haben, bald wiederzukommen), da entdeckt der »Herzblatt-Bub«, daß der Mondsee ein Lieferant vom Attersee ist. Er liefert ihm sein Wasser. Das ist sogar sehr kompliziert: Der Fuschl- und der Irrsee haben ihre Abflüsse zum Mondsee, und dieser wiederum beliefert über seine Seeachse den Attersee, der also damit das Endglied einer Seenkette ist. Aber wissen muß man das nicht unbedingt, wenn man als Genießer an den Ufern von Weyregg lebt. Man muß nur eines mitbringen und dies unbedingt: Verständnis dafür, daß die meisten Menschen hier gern heiter und gut aufgelegt sind. Also kann man mit ganz leichtem Gepäck anreisen, möglicherweise nur mit einem Lächeln.

Anreise
Mit der Bahn bis Attnang-Puchheim (int. Schnellzugstation), weiter mit Lokalbahn bis Kammer-Schörfling, dann mit Bus oder Schiff nach Weyregg.
Mit dem Auto Autobahn München–Salzburg bis Ausfahrt Seewalchen oder von Wien kommend bis Ausfahrt Schörfling, weiter auf der B 143 nach Weyregg.
Mit dem Flugzeug Flughafen Linz-Hörsching (65 km) oder Salzburg (70 km).

Ortsambiente
Weyregg liegt mitten im österreichischen Salzkammergut, am Ufer des Attersees. Er ist Österreichs größter Binnensee und bietet Wassersportlern ein ideales Freizeit-Terrain. Gut markierte Wanderwege – insgesamt 50 Kilometer – führen durch romantische Wälder bis zu den Gipfeln des Höllengebirges. Auch Drachenflieger, Paraglider, Tennis- und Golf-Fans finden ideale Bedingungen. Und – in Weyregg sind Kinder gerne gesehene Gäste.

Abendstimmung am Attersee, »Herzblätter« sollten das genießen. Nach Weyregg sollte man unbedingt auf dem See-Weg kommen (rechts).

Historie
Die Geschichte der Gegend um Weyregg läßt sich bis in die Jungsteinzeit zurückverfolgen. Wo sich die Urlauber tummeln, befand sich damals eine große Seeufersiedlung. Das Land wurde von den Kelten urbar gemacht, und später errichteten reiche Römer luxuriöse Sommersitze. Der Name Weyregg taucht als »christliche Pfarre« erstmals im Jahre 1372 auf. Stets begehrt und bekämpft, konnte sich der Ort auch unter wechselnden Herrschaftsverhältnissen immer behaupten. Um die Mitte des 19. Jahrhunderts setzte der Erfolgstourismus ein, und 1868 wurde der Dampfschiff-Verkehr auf dem Attersee aufgenommen.

Unterkunft
Herzblatt-Auswahl
Strandhotel Gebetsroither
A-4852 Weyregg am Attersee
Nr. 52
Telefon: 00 43/7664/377
ÜF/P DM 30,– bis DM 40,–
Alpengasthof Kogler
Gahberg 2
A-4852 Weyregg am Attersee
Telefon: 00 43/7664/258
ÜF/P DM 25,– bis DM 30,–

Bauernhof »Moadl«
Miglberg 17
A-4852 Weyregg am Attersee
Telefon: 00 43/7664/382
ÜF/P DM 20,- bis DM 25,-

Essen und Trinken
Herzblatt-Auswahl
Gasthof zur Post
(Top Adresse)
A-4852 Weyregg am Attersee
Telefon: 00 43/7664/202
Hubertushütte (Rustikal)
Auf dem Kienesberg
(895 m, Gehzeit 1 1/2 Std.)

Termine
Drittes Wochenende im Juni »Surffestival«.
Erster und letzter Freitag im Juli »Waldfest«.
10. Juli (jährlich) findet eine Wallfahrt auf den Gahberg statt (Standlmarkt, Holzknechtolympiade und »Kirtag«).
Drittes Wochenende im August »Strandfest«.

Einkaufen
Bauernmarkt am dritten Samstag im Juli und am zweiten Samstag im August.
Bienenhonig, Zwetschgenschnaps, Obstler und Kräuterschnäpse aus eigener Herstellung im Kaufhaus Dickinger.

Weitere Infos
Fremdenverkehrsamt
A-4852 Weyregg am Attersee
Telefon: 00 43/7664/236

Herzblatt special – Weyregg
Herzblatt-Reisende übernachten in einem Drei-Sterne-Hotel in Weyregg.
Im Herzblatt special sind folgende Leistungen enthalten: Begrüßungscocktail, eine Flasche Sekt im Zimmer, zwei Übernachtungen (Freitag/Samstag und Samstag/Sonntag) mit Frühstück und Abendessen, Herzblatt-Souvenir.
Herzblatt-Preis:
DM 170,-
Anmeldung: Femdenverkehrsverband
A-4852 Weyregg am Attersee
Telefon: 00 43/7664/236

Herzblatt-Unternehmungstips
Golf-Schnupperkurs.
Mountain-Bike-Tour in den Landschaftspark Hongar-Höllengebirge.
Eine Rundfahrt mit dem Frühschoppenschiff.

Demir war echt gut drauf. Er hatte die Aufnahmeprüfung bei einer Fluggesellschaft bestanden, die erste Hürde seines Traumberufs gemeistert. Im Geist sah er sich schon als Kopilot um den Globus düsen, und warum sollte in diesem mächtigen Aufwind nicht auch etwas fürs Herz abfallen? Eine genaue Vorstellung von seiner Traumfrau hatte er nicht. »Ich nehme, was kommt«, lautete seine Einstellung. »Aus dem Angebot such ich mir das Beste aus.« So hielt er es auch vor den laufenden Kameras. Für Maria war die Sendung ein Spiel, »weiter nichts«. Die passive Rolle, eine der drei Kandidatinnen zu sein und nicht selbst auswählen zu können, war nicht ganz nach ihrem Geschmack, aber so waren nun einmal die Spielregeln.

Maria findet, er hätte Ähnlichkeit mit Al Pacino, und das war durchaus als Kompliment gemeint. Demir macht den ersten Fehler, stöhnt entnervt, »ich weiß nicht, warum Frauen mir ständig Ähnlichkeiten mit amerikanischen Filmstars bescheinigen. Ich bin ich. Wenn Robert de Niro mir ähnlich sieht, ist das sein Problem«. Ganz so souverän wie er tut, ist der angehende Flugkapitän allerdings nicht. Denn als er erfährt, daß sein »Herzblatt« Stewardess ist, fürchtet er um seinen Ruf als Flieger. Er hasse das Klischee vom Piloten und der Stewardess, an dem nichts stimme. »Unsere Stewardessen sind alle Topmädels mit Stil, die auf keinen Fall mit dem erstbesten, gutaussehenden Piloten in die Kiste hüpfen.« Marias blaugrüne Augen funkeln gefährlich, »eine kesse Lippe für einen, der

DIE STEWARDESS FLIEGT NICHT AUF DEN FLIEGER

eigentlich noch die Schulbank fliegt«, denkt sie bei sich und hakt die männliche Diva gedanklich bereits ab.

Der Himmel über dem Voralpengebiet verspricht nichts Gutes. Ein böiger Wind treibt regenschwere, schmutziggraue Wolken vor sich her. Die Stimmung in der von einem Chauffeur gesteuerten Jaguar-Limousine ist gedrückt. Am Attersee angekommen, reißt die Bewölkung auf, und über dem Empfangskomitee, angeführt vom Bürgermeister, strahlt für Momente auch die Sonne. Der Empfang ist herzlich, das Bedauern ehrlich, daß das geplante Paragliding wegen des starken Windes ebenso ausfallen muß wie der geplante Segeltörn. Die Jause mit Sekt und Obstler fällt üppig aus. Maria, gebürtige Kanadierin, versteht nur die Hälfte der Gespräche mit den Gastgebern, und Demir ist sich sicher, daß sie von seinen Blödeleien, bei denen er »das Kind im Manne« heraushängen läßt, nicht sonderlich viel hält. Für Maria ist das Thema Herzblatt schon längst abgehakt. »Ich brauche einen Mann, der sehr tolerant ist und auf mich zugehen kann.« Bei Demir vermißt sie, wohl nicht zu Unrecht, den gehörigen Schuß Lebenserfahrung, der nötig ist, damit ein Mann einer Frau ein gewisses Gefühl von Sicherheit und Geborgenheit vermitteln kann. Sie widmet ihre ganze Aufmerksamkeit dieser österreichischen Bilderbuchlandschaft und ihren Bewohnern, deren Sprache und Kultur ihr

doch recht exotisch vorkommen.

Mit Mountain-Bikes radeln sie in die Berge. Einen Gewinner gibt es nicht, denn dank Aerobic-Training kann Maria konditionell mühelos mithalten. Nach einem deftigen Mittagessen bieten die Gastgeber den beiden Überfliegern an, ihnen das Jodeln beizubringen. Demir, wie nicht anders zu erwarten, ziert sich. Maria gibt sich Mühe, das Resultat ist für sie mehr als unbefriedigend. »Es klingt wie ein liebeskranker Hund, der den Mond anheult.« Auf einmal hat Demir Oberwasser, knödelt aus vollem Hals, und Maria bescheinigt ihm ganz ehrlich »viel Talent«.

Während der Dampferfahrt auf dem Bilderbuchsee, der sich von seiner scheußlichsten Seite zeigt, es regnet Bindfäden, und alle Farben ersticken in einem Einheitsgraublau, setzt Demir zur ersten und letzten Attacke an. Ihm werde warm ums Herz, wenn er in ihre blauen Augen schaue. »Dann schau' woanders hin, oder spring zur Abkühlung über Bord«, rät ihm Maria, und kann es kaum erwarten, bis das weiße Schiff wieder anlegt. Auf dem Heimflug nach München spielt der Pilot Oldies aus den 60ern, so brauchen sie nicht viel miteinander zu sprechen. »Maria + Demir«, zieht der angehende Pilot etwas säuerlich Bilanz, »ein schöner Tag ohne Folgen.«

»Thank God«, stöhnt Maria und kuschelt sich zum Schlafen in die Lederpolster und träumt vor sich hin.

CHRISTINE+MARKUS MIT HERZ

LATT IN BAD WÖRISHOFEN

»Pitsche-Patsch, das kommt vom Wassertreten ...« So sagt es der Refrain einer fröhlichen Polka, die für eine »Tour de Kneipp« vor Jahr und Tag komponiert wurde. Damals lockte man Bad Wörishofener Kurgäste verstärkt aufs Rad, eben zu einer »Tour de Kneipp«. Heute hat das »Weltbad auf dem flachen Lande« an die 500 Kilometer Radwanderwege. Und »auf dem flachen Lande« stimmt genaugenommen nicht mehr, weil man ja in einer Stadt ist, in der Kurstadt Bad Wörishofen eben. Doch hat man es aus dieser Gesundheitsstadt nie länger als fünf Minuten in die freie Natur hinaus.

Der »Weber-Baschti« ist an allem schuld

Ein beliebtes Nah-Ausflugsziel der Bad Wörishofener Kurgäste ist die berühmte barocke Klosterbasilika der Benediktiner zu Ottobeuren. Wer in dem gewaltigen Kirchenraum steht oder an einem der dortigen Konzerte teilnimmt, wird sicher nicht daran denken, daß in dieser Pracht am 18. Mai 1821 ein Büblein auf den Namen Sebastian getauft wurde, das den Tag zuvor den armen Hauswebersleuten Xaver und Rosina Kneipp im nahen Dörflein Stephansried geboren worden war. Es wird eine sehr einfache kirchliche Handlung gewesen sein, diese Taufe. Was war schon so ein Hausweber?

Es ist eine lange und keineswegs lustige Geschichte, wie dieser damalige Täufling, den man bald im Dörflein Stephansried den »Weber-Baschti« genannt hat, gegen den Willen der Eltern und gegen manches fast noch schwerere Hindernis am Ende doch das wurde, was er seit der Kindheit sein wollte: ein Priester. Er durfte endlich mit 21 Jahren Latein lernen und mit 23 Jahren das Gymnasium in Dillingen besuchen. Sebastian Kneipp entdeckte bald die heilende Wirkung des kalten Wassers und war von da an ein Anhänger und Förderer jener Methoden, die er später als »Meine Wasserkur« in einem erfolgreichen Buch beschrieb. Weil der 34 Jahre alte »Baschti« im Mai 1855 als Beichtvater des dortigen Dominikanerinnen-Klosters nach dem Dorf Wörishofen versetzt wurde und er auch dort für die Wasserkur eintrat, ist aus dem unscheinbaren Schwabendörflein des heutige Weltbad Wörishofen geworden. Man sieht: der »Weber-Baschti« ist an allem schuld. Was ihm freilich die Leute von Bad Wörishofen keineswegs vorwerfen. Wie sollten sie auch.

»Kneippianer« sind ganz eigene Leut'

Unsere zwei »Herzblätter« kommen nach der Ankunft in Bad Wörishofen aus dem Staunen nicht heraus. Das ist schon ein ganz besonderer

BAD WÖRISHOFEN DAS WELTBAD AUF DEM FLACHEN LANDE

Ob Markus wohl die Billard-Kugel trifft? . . .

Ort. Eleganz ist zweifellos vorhanden. Das sieht man schon auf den ersten Blick an den Promenaden. Und doch ist es etwas, was man vielleicht »gebremste Eleganz« nennen könnte, was das eigentliche Flair des berühmten Ortes ausmacht. Man hat eben die ständigen Mahnungen des »Wasserdoktors« Sebastian Kneipp nach dem einfachen Leben nicht vergessen.

Unser »Herzblatt-Paar« lernt im gemütlich-eleganten Kurgasthof Leute kennen, die sich meist höchst freiwillig als »Kneippianer« bekennen. Das sind Leute, die nicht erst krank werden müssen, um ans Kurieren zu denken. Und wenn sie auch wissen, daß der Traum von der »ewigen Jugend« eben nur ein Traum ist, so sind die echten »Kneippianer« ein wandelnder Beweis dafür, daß man sich Jugendlichkeit bis ins hohe Alter bewahren kann. Dazu, das sagt man unseren »Herzblättern« gern, gehört auch eine innere Fröhlichkeit, die eben aus dem körperlichen Wohlbefinden kommt.

Eine Gießkanne als Museumsstück

Herzblatt-Dame« und »Herzblatt-Bub« werden dem Weberssohn Sebastian Kneipp, der am Ende nicht nur Pfarrer und Wasserdoktor von Bad Wörishofen, sondern auch Monsignore und Päpstlicher Gemeinkämmerer gewesen ist, am Morgen nach der ersten, wunderbar ruhigen Nacht (es darf praktisch niemand nachts in der Kurstadt herumfahren), gebührende Reverenz erweisen. Die zwei sollten es gleich einmal mit dem Wassertreten versuchen. Gelegenheit dazu gibt es überall und für jedermann in Bad Wörishofen, der »Geburtsstätte der Kneippkur«.

Das »Kneipp-Museum« im Dominikanerinnenkloster ist auch ein »Herzblatt-Ziel«. Da erfährt man viel, ohne lernen zu müssen. Das sonderbarste Museumsstück ist dabei gewiß jene sagenhafte Gießkanne, mit der Sebastian Kneipp seine Wasserkur eingeführt hat. Aus so einem einfachen Ding ist so viel entstanden, denken die zwei »Herzblätter«. Dann betrachteten sie die Bilder aus vergangener »Pitsche-Patsch«-Zeit. Gemaltes in Öl und Aquarelle, aber auch alte Fotos beweisen, daß bald die feine und höchst vornehme Welt nach Wörishofen gekommen war. Sie hält sich

... Christine jedenfalls wird dabei ein hoffnungsloser Fall.

an Sebastian Kneipps Vorschrift vom einfachen Leben, watet in schlichtester Kleidung in Wörishofens Bächen. Unsere „Herzblätter" schauen recht genau hin und erkennen, daß die schlichte Aufmachung der damaligen Damenwelt schon wieder reine Raffinesse ist. Weltlichen Nonnen gleich wandeln sie züchtig im Wasser, und man sieht es ihnen an, daß sie gerade von jener (heute noch vorhandenen) hölzernen Wandelhalle kommen, auf deren »Kanzel« Sebastian Kneipp von Gott und der Gesundheit predigte und dabei in der Wahl seiner Worte so unzimperlich allgäuerisch gewesen ist, daß die Damen ein leichtes Gruseln überkam.

»Shopping« auf den Spuren der Rothschilds

Die »Herzblatt-Dame« möchte aber nun zu den Schaufenstern Bad Wörishofens, zu den Prachtstükken der »gebremsten Eleganz«, die in den Läden der weiten Fußgängerzone zu sehen und zu kaufen sind. Der »Herzblatt-Bub« hat dabei viel Zeit, darüber nachzudenken, daß man hier ja auf den Spuren der reichen Rothschilds aus Paris, des russischen Hochadels aus Petersburg, des späteren Präsidenten der USA, Theodore Roosevelt und vieler anderer einstiger Größen wandelt, die alle vor hundert Jahren zum »Wasserdotor« kamen. Freilich, mehr Spaß an Bad Wörishofen haben heute unsere »Herzblätter«; denn zur damaligen Zeit gab es diese Läden noch nicht, auch nicht die große Falknerei »Adlerhorst«, zu der unsere zwei am Nachmittag hinauswandern. Und wer hätte damals gedacht, daß es hier einmal einen Campingplatz geben werde, dessen Gäste im Bereich ihrer transportablen Quartiere die Kneipp-Kur machen können? Ja, das kommt eben alles vom »Pitsche-Patsch«, vom Wassertreten.

Auch in einem Kneipp-Kurort gibt es noch stille Plätzchen.

Anreise
Mit der Bahn bis Bad Wörishofen.
Mit dem Auto über München auf der B 12 bis Buchloe, weiter Richtung Mindelheim, Abzweigung bei Türkheim nach Bad Wörishofen.
Mit dem Flugzeug bis München, in Bad Wörishofen Flugplatz für Motor-Flugzeuge und Hubschrauber.

Ortsambiente
Bad Wörishofen liegt zwischen der bayerischen Landeshauptstadt und dem Bodensee und ist eine ausgesprochene Kurstadt mit gepflegt urbanem Charakter. Die Gemeinde zählt 13 500 Einwohner und fast 200 Kurbetriebe, wobei die Gemeindeflur ausschließlich landwirtschaftlich genutzt wird. Durch weitgedehnte Hochwälder und vorwiegend Wiesengelände ziehen rund 250 Kilometer markierte Spazier- und Wanderwege. Die Steigungen sind gering, bieten aber zahlreiche Ausblicke mit immer neuen Perspektiven.

Historie
Bad Wörishofen ist die Geburtsstätte der Kneippkur und damit dieser Tradition besonders verpflichtet. Vieles ist hier original und einmalig: Fast 200 Kurbetriebe bieten die »Kur unter einem Dach« in anmutiger Allgäuer Landschaft. Ein Weltbad, was die Herkunft der Gäste von einst und jetzt betrifft, in ländlicher Idylle und städtischem Flair. Traditionell gehören zum Kurleben in der Kneippstadt natürlich auch die täglichen Konzerte des dortigen Kurorchesters.

Unterkunft
Herzblatt-Auswahl
Hotel-Gasthof Adler
Hauptstraße 40
8939 Bad Wörishofen
Telefon: 0 82 47/20 91
Ü/F DZ ab DM 70,–
Café Gerda
Obere Mühlstraße 22
8939 Bad Wörishofen
Telefon: 0 82 47/57 44
Ü/F DZ ab DM 38,–
Villa Angela
Hans-Holzmann-Straße 1
8939 Bad Wörishofen
Telefon: 0 82 47/10 31
Ü/F DZ ab DM 89,–

Essen und Trinken
Herzblatt-Auswahl
Kurhotel Sonnengarten
(Top Adresse)
Adolf-Scholz-Allee 5
8939 Bad Wörishofen
Telefon: 0 82 47/1067
Landgasthof/Metzgerei
Jägersruh (Rustikal)
8949 Jägersruh/Mindelau
Telefon: 0 82 61/17 86

Termine
Täglich zwei bis drei Konzerte im Kurhaus.

Einkaufen
Eine Vielzahl von Geschäften aller Art.

Weitere Infos
Städtische Kurdirektion
Bgm.-Ledermann-Straße 1
8939 Bad Wörishofen
Telefon: 0 82 47/35 02 50
und 51

Herzblatt special – Bad Wörishofen

Herzblatt-Reisende übernachten im Kurhotel Tannenbaum oder im Kurhotel Sonnengarten in Bad Wörishofen.
Im Herzblatt special sind folgende Leistungen enthalten: Begrüßungscocktail, Sekt und frisches Obst im Zimmer, zwei Übernachtungen (Freitag/Samstag und Samstag/Sonntag) mit Frühstück, ein Dinner, Herzblatt-Souvenir.
Herzblatt-Preis:
DM 250,– pro Person
Anmeldung: Städtische Kurdirektion
Bgm.-Ledermann-Straße 1
8939 Bad Wörishofen
Telefon: 0 82 47/
35 02 50 und 51

Herzblatt-Unternehmungstips
Shopping in der Fußgängerzone.
Fitness-Drink im Mostkrügle, Deutschlands größtem »Saftladen«.
Besuch der größten Falknerei der Welt mit Flugvorführungen.
Pferdekutschenfahrt rund um die Kneippstadt.
Besichtigung des Kneipp-Kräutergartens und des Kurparks.
Ortstypisches Abendessen im Kurhotel Luitpold.

Meistens kennt man sie nur vom Fernsehen, die Falken, Adler und Geier – vom Aussterben bedrohte Tiere. Ein Besuch in der Welt größten Falknerei, dem »Adlerhorst«, lohnt sich auf jeden Fall. Bei schönem Wetter kann man die seltenen Vögel beim Flug beobachten.

Für Christine ist es Liebe auf den ersten Blick. Mit Herzklopfen, Schmetterlingen im Bauch und weichen Knien. Markus ist ihr Traummann. »Seine Augen sind super. Die hauen mich um. Der hat so schöne blauen Augen, so schöne Wimpern.« Mit einem Wort, sie ist hin und weg. Und Markus? Für ihn hat Amor keinen Pfeil mehr im Köcher. Er sucht nach einer aufregenden, intelligenten, nach einer spontanen Frau. »Vom Äußeren gefällt mir Christine nicht«, gibt er zu, nimmt sich aber vor, mit ihr einen netten Tag zu verbringen.

»Wenn er mir mit seinen tollen Augen voll in meine Augen schaut«, gesteht Christine in der Nacht nach der Sendung ihrer superneugierigen Freundin, »dann würde ich sofort alles machen, dann würde ich auf den Knien rumrutschen und ihm die Füße küssen.« Sowas nenne man total verknallt sein, stellt die Freundin die Diagnose, und Christine schwebt im siebten Himmel.

Am nächsten Morgen dann stürzt die Welt ein. Markus erscheint nicht. Der Pilot des Hubschraubers lästert, »na, wo ist denn Dein Herzblatt«? Und Christine könnte heulen vor Wut. Am liebsten würde sie den nächstbesten Mann anhauen und sagen, komm, flieg du mit mir. Aber da ist keiner, der ihr gefällt. Mit einer halben Stunde Verspätung er-

WARUM SAGT ER NICHT, DU BIST MEINE ÜBERFRAU?

scheint Markus, begrüßt sie mit »Hallo, Spatzl«, erklärt, er habe verschlafen, und weil er dabei seine Sonnenbrille absetzt und Chris in die wahnsinnsblauen Augen schauen kann, ist all die Wut im Nu verraucht. Sie nennt ihn »Mausibärli« und seufzt vor Glück, als der Hubschrauber endlich abhebt. Während des Flugs betrachtet Markus die Landschaft aus der Vogelperspektive, Christine lehnt an seiner Schulter und träumt. Nach der Landung besuchen die zwei der Welt größte Falknerei, den »Adlerhorst«. Markus ist begeistert vom eleganten Flug der Adler, Geier und Falken, vom Aussterben bedrohte Tiere, die er nur aus dem Fernsehen kennt. Christine bewundert die muskulösen Oberarme ihres »Herzblatts«. Wegen ihr hätte die Reise auch in die Sahara oder nach Sibirien führen können, sie hat nur Augen für den jungen Mann aus Köln.

Beim Mittagessen sticht sie der Hafer. »Eigentlich mach' ich die Männer immer ein bißchen an. Und wenn mir einer gefällt, dann mach ich den besonders an.« Nebenan sitzt ein Gast, dessen Hemd bis zum Bauchnabel aufgeknöpft ist und eine dichtbehaarte Männerbrust zeigt. Christine bietet Markus an, ihm eine Flasche Cola ins Hemd zu schütten, »damit du endlich dein blödes T-Shirt ausziehst«. Markus steigt darauf ein, versichert ihr, er habe keine behaarte Brust, und wenn sie es nicht glaube, könne sie ja hinter das T-Shirt schauen. Prompt beugt sich Christine über den Tisch und lugt durch den Halsausschnitt des Hemdes. »Sein Oberkörper ist echt schön, also super, gefällt mir ganz gut.«

Markus ist gesprächig, gewandt, ein aufmerksamer Gentleman, und Christine schmilzt dahin wie Wachs in der Sonne. Ein ums andere Mal bittet sie ihn, die »blöde Sonnenbrille« abzunehmen, zupft an ihrem Minirock und hofft, daß er ihre schlanken, geradegewachsenen Beine registriert. Beim Billardspiel trifft sie keine Kugel, stellt aber fest, daß er »den schönsten Po der Welt« hat. Sie wird zum hoffnungslosen Fall.

Sie besuchen eine Kneippkur-Anwendung, und da Markus' Hosenbeine nicht über die strammen Waden geschoben werden können, schlägt der Therapeut Armgüsse vor. Christine hätte ihn dafür umarmen können, denn ihre Flamme muß dafür das T-Shirt ausziehen. Die breiten Schultern, der durchtrainierte Oberkörper, Christine droht den Verstand zu verlieren, merkt nicht, daß auch ihre Arme mit einem starken Wasserstrahl, mal kalt, mal warm, abgespritzt werden. »Ich wollte, er müßte sich jetzt ganz ausziehen«, wünscht sie sich insgeheim, »ich möchte gern alles sehen, vor allem den Po«. Markus bekommt wieder nichts mit, konzentriert sich auf die belebende Wirkung der Wechselbäder.

Und Christine ist ein bißchen traurig. »Bis jetzt hat er mir noch nicht ein Kompliment gemacht. Ich hab ihm Bruderschaft inklusive Kuß angeboten und, er reagiert überhaupt nicht.« Warum sollte er auch? Christine ist nun mal nicht sein Typ. Für die Tandem-Fahrt auf einem der vielen Radwege um Bad Wörishofen ist Christine im Minirock etwas gehandikapt. Nur mit Mühe kommt sie auf den hinteren Sattel, lehnt ihren Kopf gegen seinen breiten Rücken und träumt schon wieder. »Ich möchte gern mit ihm in einem Bett schlafen, mit ihm eine Woche lang Tag und Nacht zusammensein. Schließlich ist er Zwilling im Sternzeichen, so wie ich. Wir müßten uns doch toll verstehen. Wenn er beispielsweise mal nichts sagt, dann weiß ich, daß er mir nicht böse ist, sondern dann will er halt nix sagen«. Markus hat ganz andere Sorgen. Wenn sie nicht bald mit in die Pedale tritt, würden sie irgendwo im Geröll landen. Und die ewige Kneiferei könne sie auch lassen, langsam fange sie an, ihn zu nerven. Christine fängt ganz erschrocken an zu strampeln. Doch Minuten später sind ihre Gedanken schon wieder auf Reisen. »Ob er mich auf unserem Bauernhof besucht?

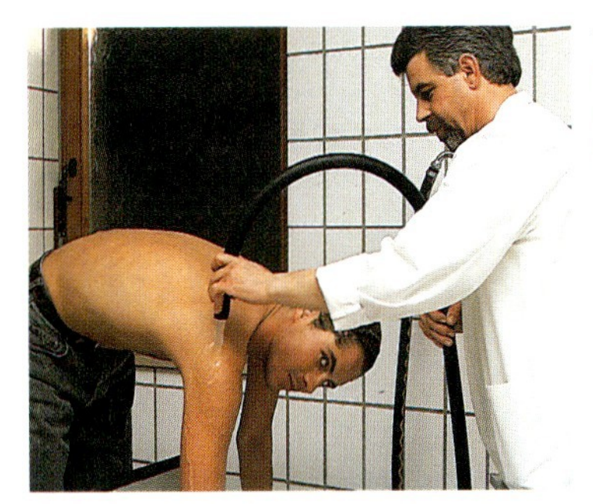

Wechselbäder der Gefühle, da wird's nicht nur »Herzblättern« kalt und warm zugleich.

Schließlich hat er als Städter sowas noch gar nicht gesehen. Oder ob er sich daran erinnert, mich nach Köln einzuladen? Ich würde sofort kommen!«

Auf dem Heimflug geht Markus ohne Absicht etwas auf Distanz. Er ist geschafft, der Tag war ja auch ganz schön anstrengend. Und dazu die viele frische Luft. »Nein, Christine ist für mich keine Frau fürs Herz. Dieses Verliebtsein hat sich nicht eingestellt.« Es sei ein netter Tag gewesen, und sie könnten Freunde werden, aber eher platonisch. Und weil er ein Gentleman ist und Christine nicht weh tun will, natürlich hat er bemerkt, daß sie sich in ihn verknallt hat, behält er diese Gedanken für sich. Und Christine? Sie träumt schon wieder, daß er ihr irgendwann sagt, daß sie ihm gefalle, super sei, seine Überfrau oder Zuckermaus sei und sie endlich für immer in seine Arme nähme.

Vielleicht sollte Amor sich doch einen neuen Köcher voller Pfeile schnappen und in Köln dem Glück und der Liebe ein wenig nachhelfen.

Autoren und Verlag
bedanken sich für die tatkräftige Unterstützung
durch das »Herzblatt«-Redaktionsteam
des Bayerischen Rundfunks,
der G.A.T. Fernsehproduktion GmbH
und den Fremdenverkehrsämtern
der »Herzblatt«-Reiseziele.